굿바이, 라 메탈

굿바이, 라 메탈

박숲 소설집

하늘재

작가의 말

　　오래오래 바람이 불었고 내 발자국 뒤에는 언제나 새가 뒤따랐다. 풍성한 열매는 먼 곳에 있었고 나는 그저 걸었다. 그리고 좀 더 오래 걸어야 했다. 문을 열고 바깥으로 나가면 모르는 계절이 펼쳐졌다. 문밖으로 한 발 내밀어 본다. 웅크렸던 시간들이 어리둥절 표정을 풀지 않았지만 바깥을 향해 성큼성큼 나서 보기로 했다.

　　첫 작품집이라니, 설레어야 마땅한데 그저 미안한 마음뿐이다. 마치 많은 것을 줄 수 없어 미안하고 안타까운 어미의 심정처럼. 그럼에도 작품 속 인물들을 만나는 순간은 늘 설레고 두근거렸다. 오랜 시간 작품 속 그들도 나와 함께 나이를 먹었고, 이제 나는 그들을 놓아주기로 했다. 첫 작품집이기에 최근작만을 싣고 싶었다. 그러나 공통된 주제의 작품을 모으다 보니 초기작부터 최근작까지 여러 시기의 작품들로 구성이 되었다. 어떤 작품은 스스로 나이를 먹었고 더 이상 싱싱하지 않았다.

　우리의 일상에는 수많은 폭력들이 존재한다. 세상은 점점 각박해지고 날카롭고 예민해졌다. 폭력의 형태 또한 다양하고 위험한 수준에 도달했다. 이렇듯 일상 안에서 빈번하게 일어나는 다양한 형태의 폭력들이 타인에게만 일어나는 낯선 일이 아닌, 곧 내 주변과 나의 이야기가 될 수도 있다. 따라서 폭력적인 상황의 주체인 소수자들의 고통과 절망의 몸짓을 통해 부조리한 세계의 왜곡된 욕망에 초점을 맞춰 보고자 했다. 이는 고발의 한 형태로 볼 수 있고 또한 저항의 표현이라고 할 수도 있다.

　그럼에도 어떤 작품은 여전히 많이 부족하고 어떤 작품은 조금만 더 채웠으면 하는 아쉬움투성이지만, 이제는 그만 욕심을 내려놓기로 했다. 내 안에서 어둠을 견디며 다음 무대를 기다리는 인물들의 새로운 이야기를 위하여.

　한편 여담이지만, 영화 '하이힐'과 동명 소설인 '하이힐'은 영화에서 '여장남자' 모티프와 동일하다. 그러나 작품 '하이힐'은 영화 '하이힐'보다 몇 년 전 앞서 집필되었고, 꾸준히 응모를 해 왔던 작품이다. 억울하지만 그렇다. 제목과 모티프가 같지만 어쩔 수 없는 일이다. 그래서 뭐? 하겠지만 어쨌든 뭐, 그렇다는 얘기다.

하나의 작품을 완성하기까지의 과정을 여행으로 비유하자면, 여행지에서 만난 동료들과 안내자는 너무도 중요하다. 제대로 된 여행을 위해선 서로 용기를 북돋아 주거나 때로는 불을 밝혀 주기도 한다. 특히 길을 잘못 들어설 때마다 붙잡아 주셨던 스승님들, 또한 격려와 질타를 아끼지 않았던 여러 동료들, 그들이 내 작품 안에 고스란히 스며들었음을 고백하고 싶다. 이제 그들은 모두 떠나고 혼자 남았다. 그러나 끝까지 남아 길을 붙잡아 주신 남상순 작가님께 크나큰 감사 말씀을 전하고 싶다.

첫 작품집을 내며 인간의 다양성에 대해 진지한 탐구를 계속 이어 가리라 다짐해 본다. 더불어 곳곳에 숨은 부조리한 삶의 이면들과 현실의 모순들에 대해 끊임없이 천착해 보고자 한다. 아직도 채워야 할 공간이 많은 나는, New Moon초승달과 Old Moon그믐달 사이를 자처한다. 이제 겨우 한 걸음 내딛은 나는, Full Moon만월을 위한 비우기와 채우기를 반복하며 오래오래 천천히 나아가리라.

늘 분에 넘치는 응원으로 엄마를 지지해 주는 사랑하는 우리 아이들과 오랜 시간 변함없이 지원을 아끼지 않는 든든한 남편에게 깊은 감사를 전한다.

차 례

작가의 말 4

굿바이, 라 메탈 9

하이힐 39

트릭 오어 트릿 67

달콤한 휴일 93

갓길 없음 121

그래서 그녀는 바다로 갔다 151

푸른 동굴 177

굿바이, 라 메탈

굿바이, 라 메탈

광장은 고요하다. 라인 밖(off line)
에서는 문식이라 불리는 다나. 게임 속 광장을 가로지른다. 건물
곳곳에서 적의 호흡이 느껴진다. 강한 파괴력을 지닌 TRG-21 에임
에 눈을 맞춘다. 연사 속도 0%, 반동이 다른 총에 비해 심하다. 다
나는 강하게 떨리는 반동을 좋아한다. 살아 있다는 느낌 때문이
다. 마우스를 쥔 손바닥으로 우우웅– 핸드폰 진동음이 전해진다.
컴퓨터 옆에 놓아둔 핸드폰을 들어 메시지를 확인한다. '오늘 중요
한 회식!' 주인님인 메텔의 메시다. '넵!' 다나는 답을 보낸 뒤 핸
드폰을 내려놓는다. 다나는 TRG-21의 방아쇠를 조심스럽게 잡는
다. 다나가 TRG-21을 선호하는 이유는 파워나 정확도가 100%이

기 때문이다. 적을 침묵시킬 수 있는 단 한 방. 극도의 흥분과 긴장
이 한 곳으로 집중한다.

미션: 클럽 나이트의 지하 창고에 설치된 폭탄을 제거하라! 제한 시간 3분

　핸드폰 진동이 몇 분 간격으로 울렸다 끊어지기를 반복한다.
메텔의 메시지가 끊이지 않는다. 메텔은 카톡과 모든 SNS를 거부
하고 끝까지 문자 메시지만을 고집한다. SNS는 누군가 자신의 삶
을 엿보는 것 같아 불쾌하다고 했다. 다나는 다시 게임에 집중한
다. 게임 안에서 레드 팀 하나가 '파이어 인 더 홀'을 외치며 다나의
뒤를 바짝 쫓는다. 클럽 나이트까지의 거리 30미터. 다나는 호흡
을 멈추고 방아쇠를 당긴다. 헤드 샷! 정확하게 상대의 머리를 박
살 낸다. 검붉은 피가 분수처럼 튀어 오른다.

　다나는 리사의 핸드폰 번호를 누른다. 전원이 꺼져 있다는 멘
트가 나온다. 카톡 역시 확인하지 않고 있다. 어우 쌍! 자신도 모
르게 욕이 튀어나온다. 핸드폰을 내려놓자마자 다시 진동이 울린
다. 메텔의 동선이 세밀하게 찍혀 있다. 장소를 옮길 때마다 보내오
는 메텔의 문자 메시지가 오늘따라 살에 박힌 가시처럼 성가시다.
자판 위에 ㅍ. ㅓ. ㄱ. ㅋ. ㄲ! 라고 총을 쏘듯 마구 친다. 곧바로 게
임 사이트의 화면 하단에 욕설의 댓글이 쓰레기처럼 쏟아진다. 클

럽 나이트 안으로 들어가는 계단 모퉁이에서 여러 발의 총알이 날아온다. 컨디션 지수 제로. 캐릭터는 머리와 심장 부근을 맞고 쓰러진다. 진득하게 엉겨 붙은 검붉은 피가 바닥으로 흘러내린다. 정수리 한복판이 실제로 총알에 맞은 것처럼 욱신거린다.

잠시 게임을 멈추고 리사가 갈 만한 사이트를 뒤진다. 리사는 수지일 때보다 가상에서의 리사일 때 더 자유롭다. 리사는 어디에도 접속한 흔적이 없다. 함께 영화를 보기로 한 약속을 기억하고 있기나 할까. 다나는 리사와 사이트상에서의 부부 관계가 끝난 뒤에도, 리사가 다니는 사이트마다 쫓아다니며 영화 보러 가자고 졸랐었다. 리사는 다나와 영화를 볼 거면 차라리 돈 되는 아저씨들 꼬셔서 드라이브 가는 게 훨씬 이익이라고 했다. 다나 역시 돈을 지불하겠다고 했다. 미친놈! 날 뭘로 보는 거야? 애새끼들 후린 돈을 나한테 준다고? 아 존나 슬프다. 다나는 리사의 반응이 자존심 상했지만 참았다. 그딴 거 끊은 지 오래됐거든. 알바비 주면 될 거 아냐. 리사에게 가상이 아닌 실제 공간에서 사귀고 싶다는 말을 하고 싶었다. 너랑 놀아 줄 시간 없거든요. 알바비? 펫 분양 어쩌구 여기저기 찝쩍대더니 널 키운다는 사람이라도 나타난 거임? ㅎㅎ 완전 쌩깐 건 아닌가 보네.

누군가 다나를 펫으로 입양한다는 얘긴 사실이었다. 펫을 입양하겠다는 쪽지를 받던 날 다나는 값비싼 아이템을 구입해 리사를 멋진 여전사로 꾸며 주고 싶었다. 펫이 되어 돈을 버는 것만이 관심사였기 때문에 주인이 될 대상이 누구이건 상관없었다. 그런데 설마, 펫을 입양하겠다고 쪽지를 보낸 사람이 메텔이었을 거라곤 상상도 못 했다. 메텔과 리사는 게임 사이트의 라 메탈 멤버들이며 저격수 마니아들이다. '라 메탈'은 마츠모토 레이지 원작인 〈은하철도 999〉 시리즈 만화에 등장하는 혹성 이름이다. 천 년 주기의 궤도를 벗어나 한파에 뒤덮인 라 메탈. 모든 사람과 사물들이 점점 기계화되어 간다는 설정이 익명의 유저들이 떠도는 사이버 공간과 비슷하다는 착상에서 따온 이름이다. 리사는 다나와 메텔에게 우리들만의 제국으로 라 메탈을 사수하자고 했다.

다나는 부캐릭터로 메텔과 에메랄다스를 구출하려다 몸이 두 동강 나 죽게 되는 '다나'가 되었다. 메텔은 자신의 진짜 꿈이 우주 여행자라며 메텔이 되기를 원했다. 리사는 메텔의 여동생인 우주의 해적 에메랄다스가 되었지만 이름이 길어 원래의 닉네임을 그대로 사용하기로 했다. 처음에 주 멤버는 성태까지 네 명이었지만 성태는 옛날 구닥다리 게임, 완전 구리고 노잼이라며 금방 탈퇴해 버렸다. 세 사람은 비슷한 게임 사이트를 돌며 라 메탈 조직을 유지해 나갔다. 어떤 게임에 접속을 하든 셋은 하나의 끈으로 연결된

긴밀한 관계가 된 것 같았다. 세 사람 외에도 다른 유저들이 철새 처럼 라 메탈에 잠시 착륙했다 사라지기를 반복했다.

어느 날 두 통의 쪽지가 와 있었다. '당신은 길드에서 추방되었습니다.' 다나는 고개를 갸웃거리며 쪽지를 열었다. 피식 헛웃음이 나왔다. 대놓고 쫓아내는 건 그나마 좀 나았다. 길드의 유저들은 팀 승률에 좋지 않은 영향을 끼치면 보이지 않는 압박을 가해 스스로 떠나도록 유도했다. 그러나 다나는 왜 자신이 추방되어야 하는지 알 수 없었다. 가족보다 더 끈끈한 정을 나눈다는 그들의 타이틀은 모두 거짓이었다. 그들이야말로 따뜻한 햇살의 감촉도 꽃의 향기도 맡을 수 없는, 감정이 사라진 차가운 기계 인간들일 뿐이었다.

두 번째 쪽지는 마리아가 닉네임인, 다나의 눈을 번쩍 뜨이게 하는 내용이었다. '직접 펫이 되겠다고?' 대뜸 반말이었다. 한 달 전부터 다나는 여러 곳의 사이트를 돌며 '나를 펫으로 분양합니다'라는 제목으로 공개 게시물을 올렸었다. 역할 대행 알바를 몇 번 해봤지만 다나는 펫 역할이 자신의 처지에 가장 맞다고 생각했다. 그러나 공개적인 펫 분양 광고 글은 장난 아니면 19금 비공개 카페에서나 가능했다. 그러다 보니 대개 장난기 섞인 말투의 댓글이 올라오거나 혹은 개나 고양이를 분양하는 걸로 착각하는 사람들이 많왔다. 여자가 필요하면 당당하게 돈을 주고 사라는 비난성 댓글이 올라올 때면 온갖 '충'들의 질퍽한 싸움이 이어졌다. 다나는 한동안 여러 사이트에서 논란의 중심이 되기도 했다.

그런데도 다나는 사이트를 옮겨 다니며 끈기 있게 글을 올렸고, 아주 가끔 연락이 오기도 했다. 좀 논다는 여고생들이 노래방으로 불러내거나, 대학생 누나들은 하루 파트너로 분양을 신청했지만 대개는 다나의 실제 모습에 실망스러워했다. 짓궂은 누나들은 노골적 성적 표현이나 성적 수치감을 주는 행동을 서슴지 않았다. 어차피 각오한 일이어서 그다지 놀랄 일은 아니었다. 무엇보다 돈이 떨어지면 으슥한 공원 벤치나 지하 주차장 또는 어두운 건물 계단에서 쭈그리고 자는 짓은 이젠 지긋지긋했다.

다나는 더욱 많은 사이트를 기웃거리며 점점 더 자극적인 글을 올려 수시로 강퇴를 당했다. 다나는 잠깐의 파트너가 아닌 든든한 스폰서를 원했다. 물론 그런 스폰서를 만난다는 건 기적에 가까운 일이지만 말이다. 성태와 일주일에 두세 번은 술 취한 아저씨들 주머니를 털어 끼니를 때우며 피시방을 전전했다. 그러나 위험을 감수해야 하는 그런 짓은 이젠 끊고 싶었다. 누군가의 펫이 되어 돈만 생긴다면 까짓거 주인이 어떤 짓을 요구하든 다 들어줄 각오가 돼 있었다.

오랜만에 입양 희망자에게 쪽지를 받았다. '기간이나 비용, 모든 조건이 입양자 맘 내키는 대로? 개웃김^^ㅋ 어쨌든 무조건 복종! 확실함?' 오오! 월척이 걸릴 것 같은 예감. 자판을 두드리는 다나의 손가락이 빨라졌다. '넵, 주인님 명령이라면 무조건 개복종! 개충성!' 다나는 재빨리 마우스를 클릭하여 쪽지를 날렸다. 그런데 아무리 기다려도 상대에게 답장이 오지 않았다. 또 낚였냐? 벼엉신, 깝치고 있네, 차라리 좆을 판다고 올려 봐. 쪽팔리게 펫이 뭐냐? 옆에서 컵라면을 들고 면발을 후루룩거리던 성태 자식이 키득거렸다. 다나는 받은 쪽지와 보낸 쪽지의 내용을 다시 훑어보았다. 마리아? 닉네임이 졸라 구리다. 아이디에 맞게 진지한 답글을 보낼 걸 후회스러웠다. 쪽지를 다시 보낼까 하다 참았다. 이쪽에서 안달을 내면 오히려 지는 게임이다.

다나는 성태 자식에게, 뭔 개솔? 짜증을 내며 게임을 다시 이어 갔다. 메텔이 접속했다. 다나는 메텔에게 반갑다는 인사를 건넸다. 메텔은 웃는 표정의 이모티콘으로 인사를 대신했다. 미션을 수행하기 위해 다나와 메텔은 서로를 엄호하며 지하 창고로 향했다. 호흡을 오래 맞춰서인지 메텔과 함께 미션을 수행하면 자신이 죽는 데쓰의 수보다 적을 죽이는 킬이 늘어나 계급도 함께 상승했다. 미션을 성공하셨습니다! 이동하실래요? OK!

마리아라는 닉네임으로 다시 쪽지가 날아온 건 삼 일이 지난 뒤였다. 이미 쫑난 거라 생각했던 쪽지가 다시 날아오다니, 99.9% 성공을 확신했다.

'어떤 요구나 명령에도 무조건 복종하겠다고 약속할 수 있음?'

아나 속고만 살았나. 네엡, 무조건 개복종요, 주인님 충성^-^! 상대에게 매달리려는 속셈이 빤해 보여 다나는 잠시 망설였다. 문장에 드래그를 입혀 삭제할까 하다 보내기를 클릭했다. 이 정도 관심이면 거래는 끝난 거나 다름없었다. 하지만 복종이란 말을 자꾸 강조하는 건 왠지 좀 찜찜했다. 혹시 변태? 뭐 상관없다. 리사가 상대하는 남자들도 매일 한 놈 정도는 변태라고 했다. 다나는 돈이 생기면 가장 먼저 리사에게 폼나게 쏘고 싶었다. 주황색의 쪽지 알림 표시가 깜빡거렸다. 다나는 리사를 떠올리며 중얼거렸다. 조금만 기다려!

메텔은 삼십 분 간격으로 문자 메시지를 보내온다. 회사에서 나왔는지 회식을 하러 가는 위치의 지명을 세밀하게 찍어 보낸다. 메시지를 확인하는데 영상 통화가 울린다. 다나는 화면을 보고 깜짝 놀란다. 웬 영상? 리사의 얼굴이 흔들리며 나타난다. 헐 잘못 눌렀네, 아직도 기다리냐? 다나는 극장 옆 피시방에 들어와 있다는 말을 꿀꺽 삼킨다. 메텔과 함께 지낸 뒤 게임 밖 리사를 딱 한

번 만난 적이 있다. 메텔이 리사를 만나지 못하게 한 까닭도 있지만, 리사가 매번 다나가 아닌 라인 밖 문식을 거부했기 때문이다.

리사는 다나에게 얼굴은 왜 가리냐고 한다. 다나는 그냥, 하며 대체 화면으로 바꾼다. 지금 튕기는 거? 리사가, 아니 수지가 피식 웃는다. 어쩐지 쓸쓸해 보이는 미소다. 아씨 지금 내 꼴이 말이 아니네. 리사는, 아니 수지는 마치 셀카라도 찍듯 각도를 이리저리 옮기며 표정을 짓는다. 다나는 마치 수지를 마주 보고 있기라도 한 듯 쑥스럽다. 당장 수술해야 되는데 돈이 부족하네, 좀 빌려줄래? 다나가 놀라서 묻는다. 수술? 다른 손으로 핸드폰을 바꿔드는지 화면이 흔들린다. 재수 없게 또 걸렸지 뭐야, 아 존나 짜증! 리사는 전에도 똑같은 부탁을 한 적이 있었다.

메텔의 펫이 된 지 얼마 지나지 않았을 때였다. 게임 도중 리사는 다나에게 돈을 빌려 달라고 했다. 재수 없게 걸렸는데 수술비가 없다고 했다. 뭘 걸렸다는 건지, 무슨 수술을 한다는 건지. 다나는 리사가 아닌 라인 밖 수지를 만날 수 있다는 것에 흥분하여 아무 생각도 할 수 없었다. 수지는 예상보다 훨씬 예뻤다. 수술했다면서 술 마셔도 돼? 다나가 걱정스럽게 물었다. 비록 가상공간이었지만 결혼했던 사이라 그런지 첫 만남인데도 어색한 건 없었다. 수술 따위 별거 아닌데, 애를 지웠다고 생각하면 기분 더럽거든. 그래서 아무한테도 말하기 싫어. 수지의 말에 다나는 울컥해서 물었다. 나한텐 왜 말하는데? 넌 찌질이라 부담이 없거든. 다나는 수지가 몹시 실망스러웠다. 수지는 역시 리사일 때가 훨씬 인간적이고 빛이 났다.

리사는 라 메탈에서 저격수로 활약할 때가 가장 행복하다고 했다. 라 메탈에서만큼은 키스 알바를 하지 않아도 되고 변태 아저씨들에게 당하지 않아도 되기 때문이다. 다나 역시 라 메탈에서 최고의 저격수이며 영웅으로 사는 게 좋다. 다나는 자주 리사와 키스하는 상상을 했다. 리사가 처음 라 메탈의 멤버로 왔을 때를 떠올린다. 리사는 은하철도 만화 시리즈의 광팬이라고 했다. 자신과 비슷한 취향의 사람들을 만나 가슴이 설레며, 라 메탈 이름이 마음에 든다는 내용으로 자신을 소개했다. 세밀하면서도 포인트를 잃지 않고, 독특하고도 흥미로운 글을 올려 유저들의 인기를 독차지했다. 다나는 공식적으로는, 초보인 리사에게 여러 가지 전술 요령을 알려 주며 잘난 척했고, 비공식적으로는 은닉 아이디를 사용해 리사의 뒤를 쫓아다녔다. 다나의 장난에도 아랑곳하지 않고 리사는 언제나 당당하고 쾌활하게 맞대응했다.

가령, 난 말야, 중학교 교장이다. 너 중딩 맞지? 학교 어디야!!

리사 왈, ㅎㅎ 난 꽃다운 씨팔 세~ 취미는 키스, 특기도 키스,

기차역 일대가 내 활동 무대, 교장샘~ 나랑 키스할까? 나 존나 키스 잘해 쪼옥~♥

얼마 뒤 약혼반지와 천사의 날개 아이템을 선물하며 리사에게 사이버 결혼을 신청했다. 리사는 흔쾌히 다나의 청혼을 받아들였다. 메텔이 몇 가지 아이템을 결혼 선물로 주었지만, 평소와 달리 채팅창에서 말이 없었다. 메텔은 무슨 일인지 그날따라 과격하고 저돌적으로 게임을 이어 갔다. 두 사람은 눈치 없이 채팅창에 하트를 남발했다. 다나는 현실에서 리사와 실제로 결혼한 것처럼 기분이 들뜨고 행복했다. 마치 하루하루가 롤러코스터를 타는 것처럼 짜릿하고 즐거웠다. 아주 잠깐이라도 사이버 공간을 벗어나면, 라 메탈의 혹성에서 이탈되어 검은 우주의 미아라도 된 것처럼 두려웠다. 다나는 영혼을 빼앗긴 기계 인간이 되더라도 리사와 메텔이 있는 라 메탈에서 살고 싶었다. 라 메탈은 모든 것이 꿈처럼 달콤하고 따뜻했다.

리사를 대할 때면 언제나 할머니가 말했던 여고생 얼굴도 함께 그려지곤 했다. 그 어린 것이 얼마나 무서웠으면 그랬겠냐. 이빨로 탯줄을 끊었는지, 얼굴이 피범벅이 돼선 정신없이 도망가더란다. 삼촌이 병을 앓아서 그렇지 심성이 나쁜 건 아니니께 니가 참어라이. 사내의 극심한 폭력 뒤면 언제나 궁색한 변명을 늘어놓던 할머니. 폐휴지를 줍고 집에서 기른 상추나 부추, 고추 등을 시장에 내다 팔며 근근이 생활을 이어 갔지만 한 번도 힘들다는 말을 하지 않았던 할머니. 죽지 않고 살아만 있으면, 언젠가 돌아오지 않겠냐. 그 여고생은 영원히 닿을 수 없는 곳으로 사라져 버린 건 아닐까. 리사와의 가상 결혼 생활은 오래가지 못했다. 리사와 이혼을 하고 나자, 다나는 어쩐지 오래전 버려진 핏덩이가 된 기분이었다.

메텔은 현경으로 불리는 것을 끔찍하게 싫어했다. 전문대를 졸업한 뒤 십 년 동안 한 회사에서 일을 했다고 했다. 메텔은 갈수록 회사에서 있으나 마나 한 존재가 돼 간다고 했다. 지금도 회식을 하는 동안 모든 직원들은 새로운 팀장에게 집중할 것이다. 메텔은 구석에 앉아 조용히 술을 마시고 있겠지. 남몰래 팀장을 노려보며 이미 자신을 떠나 버린 남자를 떠올리면서. 메텔은 그 남자 생각이 날 때마다 다나에게 문자를 보내는 것 같았다. 자신이 있는 곳을 누군가 알고 있다 생각하면 마음이 놓인다고 했다. 메텔이 어떤 이유로 펫을 입양한 건지 알 수 없지만 다나에겐 그저 고마운 주인일 뿐이었다. 사실 펫으로 입양하겠다고 쪽지를 보낸 여자가 메텔이었을 거라고는 상상도 못 했다. 이상한 쪽지를 주고받던 날 다나는 주인이 될지도 모를 입양자를 만나러 갔었다.

그날 메텔은 롯데리아 이 층 창가에 앉아 있었다. 다나는 그녀가 쪽지를 보낸 여자 같다는 예감에 무작정 맞은편 의자에 앉았다. 뭐 먹을래? 메텔은 끼고 있던 팔짱을 풀며 물었다. 좀처럼 잘 웃지 않는 인상이었다. 쌍꺼풀이 없는 눈은 날카롭고 예민해 보였다. 메텔은 말없이 어딘가를 뚫어지게 바라보는 습관이 있는 것 같았다. 콜라를 한 모금 마신 뒤 다나에게 물었다. 니 조건은 뭔데? 다나는 피시방에서 지낼 돈만 있으면 된다고 말하지 않았다. 뭐? 너 지금 관심이라고 그랬니? 메텔은 마시던 콜라를 풉, 하고 내뿜었다. 생각지도 않은 말이 튀어나와 다나는 얼굴이 붉어졌다. 에이, 농담이죠. 저야 뭐, 먹고 잘 데만 있으면 돼요. 메텔은 정색을 하며 물었다. 가출? 아아 됐고, 우선 한 달 계약하고, 하는 거 봐서 재계약하든지. 일어나! 다나는 잔에 남아 있는 얼음을 입에 물고 메텔을 쫓아갔다. 입안에 가득 찬 얼음이 박하사탕을 문 것처럼 시원했다.

메텔의 뒤를 따라가며 다나는 가로수를 바라보았다. 가지가 몽땅 잘린 플라타너스 나무 둥치에 어린 잎이 돋아나고 있었다. 여린 잎들이 시멘트 기둥을 힘겹게 뚫고 나온 것처럼 안쓰러웠다. 그렇게라도 단단한 껍질을 뚫고 나온 여린 잎에 비해 자신은 단단한 기둥 안에 갇혀 바깥으로 뚫고 나오지 못하는 것 같아 답답했다. 메텔의 집은 건물이 낡아 보이는 오피스텔 4층이었다. 넌 저쪽에서 자. 다나는 방 안을 둘러보며 물었다. 강아지 키워요? 와아, 이게 다 강아지 건가? 메텔이 얼굴을 찡그렸다. 다나는 못 볼 것을 본 것처럼 재빨리 시선을 거두었다. 어두운 계단이나 공원 벤치에서 자고 난 뒤 울고 싶도록 쓸쓸했던 기분을 메텔의 표정에서도 언뜻 본 것 같았다. 다나는 장난감 뼈다귀를 만지작거리며 방 안을 둘러보았다. 하나의 공간을 소파로 경계를 두어 두 개의 공간으로 분리해 놓았다.

책상 위에는 몇 권의 책과 구형 컴퓨터가 있었다. 이거, 인터넷 돼요? 당연하지. 메텔은 침대 위로 몸을 던졌다. 침대 옆 탁자 위엔 노트북이 펼쳐져 있었다. 다나는 손에 들고 있던 장난감 뼈다귀를 바구니에 던졌다. 스스로 원한 거지만 진짜 펫이 된 것 같아 기분이 묘했다. 그러나 생각지도 않게 먹고 지낼 곳이 생긴 것은 신기했다. 게다가 메텔은 집에 들어오자마자 현금카드를 내밀며 말했다. 꼭 필요할 때만 뽑아 써. 다나는 카드를 만지작거리며 리사를 떠올렸다. 라 메탈 혹성에 가 보는 게 꿈이라던 리사와 비행기를 타고 여행을 떠나고 싶었다. 라 메탈 혹성이 아니라도 좋았다. 어디든 리사와 함께라면 다 좋을 거 같았다. 어쨌든 갈 곳이 없다고 장난처럼 말했을 뿐인데, 선뜻 다나를 집으로 데려온 거나 현금카드까지 내미는 메텔이 정상은 아닌 것 같았다.

메텔이 더 이상하게 보인 건 다음 날이었다. 밤 여덟 시쯤 메텔이 초인종을 눌렀다. 다나는 잠이 취한 상태로 문을 열었다. 다짜고짜 메텔은 다나의 뺨을 후려쳤다. 야, 너 이 자식! 메텔에게 술 냄새가 풍겼다. 빨리빨리 문 못 열어? 어쭈 이게 뭐야, 신발은 항상 똑바로 정리해 놓으라고 했지. 바닥에 이 자국들은 또 뭐야, 청소 안 했어? 메텔은 지나칠 정도로 화가 나 있었고, 다나는 뭐가 뭔지 정신을 차릴 수가 없었다. 메텔은 욕실로 들어가더니 오랫동안 나오지 않았다. 샤워를 하는지 물소리가 요란했다. 갑자기 메텔의 고함소리가 들렸다. 누군가에게 심한 욕설을 퍼붓는 것 같았다. 한참 뒤, 욕실에서 나온 메텔은 아무 일도 없었다는 듯 씨익 웃었다. 그러곤 노트북을 켰다. 다나는 머리를 세게 얻어맞은 것 같았다.

다나는 종일 아무것도 먹지 않고 잠만 잤다. 집이라는 공간이 주는 안도감 탓일까. 잠에서 깨어나지 못한 것처럼 계속 몽롱한 상태가 이어졌다. 메텔은 익숙한 게임 사이트에 접속했다. 총성이 좁은 공간을 요란하게 파고들었다. 다나는 슬쩍 모니터를 훔쳐보다 깜짝 놀랐다. 라 메탈 멤버인 메텔? 설마… 이게 어찌 된 일일까. 다나는 메텔의 어깨를 툭툭 건드렸다. 왜! 치켜뜬 메텔의 눈빛에 소름이 돋았다. 저기, 그, 혹시, 라 메탈의 메텔? 터지는 총소리가 다나의 물음을 잘게 부숴 버렸다. 내가 다나인 거 알고 있었어요? 다나는 메텔의 뒷모습을 바라보며 물었다. 메텔은 마치 기계로 만든 인간 같았다. 그게 왜, 뭐 잘못됐니? 메텔은 모니터의 푸른빛을 피처럼 빨아들여 에너지를 축적하는 것 같았다. 메텔은 마우스와 키보드를 번갈아 두드리며 총을 쏘아 댔다. 가상 속 부캐릭터를 현실에서 마주친 기분은 소름 돋도록 생경했다. 라 메탈에서의 메텔은 다나와 리사의 주변을 떠나지 않고 변함없이 지켜 주는 든든한 멤버였다. 다나는 괴팍하고 제멋대로이고 기괴하기까지 한 저 여자를 차마 메텔이라 믿고 싶지 않았다. 다나는 문득 메텔과 미션을 수행하기 위해 게임 안에 들어와 있는 것 같았다. 털어내지 못한 잠이 확 달아났다. 가슴이 펌프질을 해 대고 열 개의 손가락은 팔딱이는 물고기처럼 마구 움직였다. 다나는 소파 주변을 서성대며 메텔의 행동을 지켜보았다. 게임이 잘 풀리지 않는지 메텔은 옷을 후다닥 벗어던졌다. 그런 뒤 욕실로 들어가 물을 끼얹고 나왔다. 전혀 다나를 의식하지 않는 행동이었다. 다나는 궤도를 이탈해 엉뚱한 행성에 발을 들여놓은 것처럼 두려웠다. 모니터를 훔쳐보았다. 리사도 접속해 있었다. 두 사람은 현실의 캐릭터보다 게임 속 캐릭터가 오히려 인간적이고 따뜻했다. 다나는 어디가 진짜 현실이고 무엇이 진실인지 혼란스러웠다.

담배 연기로 가득 찬 피시방 내부는 마치 행성이 떠도는 우주의 공간처럼 낯설다. 다나는 뻐근해진 목을 돌리며 근육을 풀어준다. 게임 속 미션을 수행하지 못하고 피를 흘린 채 쓰러져 있는 캐릭터를 들여다본다. 라 메탈은 몇몇 유저들이 짝을 이뤄 미션을 수행하고 있다. 리사와 메텔이 없는 라 메탈은 쓸쓸하다. 다나는 단독으로 미션에 다시 가담한다. 적극적으로 적의 공격에 방어하지 않자 여러 발의 총탄이 날아와 다나를 피범벅으로 만든다. 다나는 왜 자신을 펫으로 입양한 건지 메텔의 의도가 궁금하다. 게다가 얼마 전부터 메텔은 라 메탈 안에서까지 다나와 리사를 관리하려 든다. 다나는 어차피 메텔의 펫이기에 상관없다. 그러나 리사까지 관리하려 드는 건 못마땅하다.

푸른빛을 뿜어내는 모니터에서 눈을 뗀다. 피시방을 가득 채운 사람들. 컴퓨터 앞에 앉아 머리에 헤드폰을 낀 그들은 각자 원하는 세계를 표류하고 있다. 감정을 잃어버린 기계 인간들을 보는 것 같아 머리털이 곤두선다. 헤드폰을 빼고 모니터 안에서 펼쳐지는 총격전을 관전한다. 소리가 사라진 총격전이 오늘따라 기묘해 보인다. 다나는 여러 게임 사이트를 돌며 자신의 흔적을 차례로 지워 나간다. 마지막으로 라 메탈 조직을 해체시켜 버릴까 망설인다. 그들과 함께했던 사이트 안을 이리저리 배회하며 생각에 잠긴다. 처음부터 존재하지 않은 상태란 어떤 걸까. 메텔도 리사도 라 메탈도 존재하지 않았던 상태. 더 나아가 사내가 핏덩이를 발견했던 그 이전, 아니 그 여고생의 배 안에 아기가 자리를 잡기 전의 상태. 아무것도 존재하지 않는 상태로 돌아갈 수는 없을까.

메텔의 문자 메시지가 다시 도착한다. 회사에서부터 약도가 시작된다. 전화국 담벼락을 끼고 50미터, 횡단보도를 건너 푸른 약국, 수 초밥집과 개미 부동산을 지나 바다 횟집으로 이어졌다. 메텔의 문자 메시지는 중독성이 강한 게임처럼 여겨진다. 메텔이 정말로 이상하게 생각된 건 종일 자신의 위치를 내비게이션처럼 세밀하게 남기는 문자 메시지 때문이다. 메텔의 이상한 행동은 거기서 멈추지 않았다. 술이 취한 날은 항상 새로운 남자를 데려왔다. 쟨 신경 쓸 필요 없어, 하고 내뱉은 뒤 술을 마시며 깔깔댔다. 그들 역시 다나의 존재를 무시하듯 스스럼없이 메텔과 뒤엉켜 침대에서 뒹굴었다. 다나는 그들의 행동을 게임의 연속으로 생각했다. 그런데도 그들의 성행위가 끝날 때쯤엔 사우나에라도 들어갔다 나온 것처럼 온몸이 축축하게 젖었다. 메텔은 거침없는 행동으로 다나가 펫이라는 걸 자연스럽게 인식시키는 것 같았다. 명령도, 강요도, 뚜렷한 의도도 없는 불투명한 상태의 인식을.

메텔의 말대로 낮에는 자유였다. 그 외에는 대부분 함께 게임을 하거나 메텔이 잠들 때까지 이야기를 들어주었다. 메텔이 쉴 새

없이 떠들어 댄다는 걸 안 건 얼마 지나지 않아서였다. 처음 3일 동안은 밤마다 메텔의 이야기를 들으며 고장 난 인형처럼 고개를 끄덕였고, 5일째는 귀가 윙윙거렸고, 굳어지는 얼굴 근육을 푸느라 애를 먹었다. 10일쯤 되자 메텔의 말은 거친 자갈돌처럼 잘그락거려 도무지 잠을 잘 수가 없었다. 나중에는 종알대는 메텔의 입안에 총알을 박아 넣고 싶은 충동으로 목이 시뻘겋게 달아올랐다. 메텔은 마치 자루에 담긴 쓸모없는 말 부스러기를 끝없이 쏟아 내는 것 같았다. 유독 팀장에게 뺏겼다는 남자친구 얘기를 꺼낼 때면 살쾡이처럼 표독스럽게 변했다.

메텔은 회사 이야기를 할 때도, 동료들이나 자신의 사생활, 심지어 게임에 대해 떠들 때도 모두 숫자와 연결시키기를 좋아했다. 금융회사에서 십 년 동안 숫자를 만지다 보니 어느 순간 자신이 하나의 기호나 숫자가 된 것 같다고 했다. 메텔의 끝없는 얘기가 시작되면 차라리 감정이 없는 기계 인간이 되고 싶었다. 다나는 메텔이 떠드는 동안 종종 다른 생각에 빠졌다. 그 옛날, 여고생은 핏덩이 아기를 왜 자신의 가방에 숨겼는지 궁금했다. 그 상황에서 사라지는 것만이 최선이었을까. 할머니는 핏자국이 누렇게 바랜 문제집을 유품처럼 다나에게 전해 주었다. 여고생을 떠올리다 보면 언제나 상상은 리사로 이어졌다. 어쩌면 여고생의 이미지를 그렇게라도 리사와 연결해 보려는 의지일지 몰랐다.

리사는 수술을 잘 끝낸 걸까. 고민을 털어놓는 사이트에 '낙태 수술'로 검색어를 친다. 놀랍게도 활자를 교묘하게 바꾼, 불법 낙태 수술 경험담들이 수두룩하게 올라와 있다. 오래전 그 여고생도 차라리 낙태를 택했다면 어땠을까. 열 달 동안 어두운 뱃속에 웅크려 있었을 아기를 떠올리자 날카로운 감정이 차갑게 달려든다. 리사는 지금 어떤 상태일까. 리사를 떠올리자 다나는 마치 자신의 팔다리와 온몸이 잘 벼린 가위에 차례로 잘려 나가는 것 같아 몸을 움찔거린다. 재빨리 계산을 한 뒤 피시방에서 뛰쳐나온다. 탁하고 습한 바람이 후끈한 열기처럼 코끝으로 몰려든다. 교묘하게 숨어 있다 공격을 퍼붓는 복병과도 같다. 순간적으로 호흡을 멈춘다. 눈앞이 침침하다.

메텔이 회사에서 나와 횟집으로 간다고 한 게 한 시간 정도 지났으니 아마도 시계의 숫자는 일곱 시를 표시하고 있을 것이다. 영상 파일을 첨부한 메텔의 메시지 알림이 울린다. 파일을 열자 처음 본 여자의 사진이 뜬다. 속이 비치는 하얀 레이스 상의를 입은 여자는 몹시 내추럴해 보인다. 하늘거리는 흰 천 위로 긴 생머리를 자연스럽게 늘어뜨렸다. 여자의 미소는 물속에서 방금 빠져나온 것처럼 아름답고 청초하다. 약도는 횟집에서 다시 호프로 이어진다. 메텔은 왜 이 여자의 사진을 보낸 걸까.

다나는 지하철 쪽으로 몸을 돌린다. 눈알이 빠져나갈 것처럼 통증이 몰려온다. 머릿속에서 총알의 탄피가 탁탁 튀어 오르는 느낌이다. 라 메탈의 혹성은 사라졌다. 아니, 어쩌면 영원히 사라지지 않을지도 모른다. 다나는 새로운 라 메탈의 차가운 땅 위에 서 있는 건지도 모른다. 영혼은 사라지고 얼음처럼 차가운 감정을 지닌 기계 인간들이 산다는 라 메탈. 표정 없는 사람들이 지나간다. 그들은 갑자기 돌변하여 언제 총구를 들이밀지 모른다. 지나가는 사람들이 다나와 부딪치자 투덜거린다. 손가락이 미친 듯 움직인다. 다나는 주머니에 손을 넣는다. 싸늘하게 식은 금속 표면이 손가락에 닿는다. 메텔의 화난 표정이 떠오른다. 누군가에게 길들여지는 펫은 성태의 말처럼 좆같은 일이다. 메텔 역시 자신이 소속된 집단에 길들여진 펫이나 다름없다. 모든 관계가 먹이사슬처럼 서로가 서로에게 길들여지는 촘촘한 그물망으로 얽혀 있다 생각하자, 세상이 온통 주인과 펫으로 이루어진 것 같다.

꼬리를 물고 이어지는 차량의 불빛을 바라보며 걷는다. 밤의 표면은 화장으로 꾸민 화려한 여자들의 얼굴을 닮았다. 쏟아지는 불빛 앞에 어둠은 습한 골목 어디쯤으로 몸을 숨긴다. 핸드폰이 울리고 영상 통화가 걸려온다. 메텔은 술이 많이 취해 보인다. 액정 화면의 움직임이 끊어질 듯 이어진다. 메텔의 몸이 흔들린다. 어디세요? 화장실. 메텔은 입꼬리를 비틀며 피식 웃는다. 내 인생에서 그년만 사라지면 돼! 중얼거리며 눈물을 닦는 건지 메텔의 손이 화면을 가린다. 잠시 후 메텔은 차갑게 내뱉는다. 오늘 게임은 한 방에 끝내자! 메텔이 묻는다. 무조건 복종할 수 있지? 엡! 메텔이 피식 웃으며 액정 화면에서 사라진다. 다나는 문득 라 메탈 멤버들과 폭탄물 제거 미션을 수행하고 있다는 느낌이 번개처럼 스친다. 피시방에서 총에 맞고 쓰러진 마지막 게임이 떠오른다. 메텔과 리사는 각자의 포지션에서 싸우고 있을 것이다. 다나는 클럽 나이트의 지하 창고에서 피를 흘리며 쓰러졌던 자신을 다시 일으켜 세운다. 하다 만 게임은 끝을 내야 개운하다.

지하철 계단을 향해 뛰어간다. 라 메탈 안에는 지하철 계단이 없다. 지하철 계단을 향해 뛰어가는 문식이란 존재도 없다. 다나는 지금 라 메탈 혹성에 들어와 있다고 착각한다. 메텔의 회사 근처까지 지하철로 세 코스. 무조건 복종할 수 있지? 메텔이 묻는다. 사내도 다나에게 복종만을 강요했다. 명령을 어기거나 말대꾸를 하면 어김없이 혁대의 가죽끈이 칼날처럼 다나의 살을 파고들었다. 할머니의 등도 사내 앞에선 온전하지 못했다. 하늘이 맞닿은 계단 위 판잣집은 아무도 침범하지 못할 사내만의 제국이었다. 정신분열을 앓던 오빠를 건디지 못하고 영영 사라져 버린 여고생. 다나는 사내의 제국에서 언제나 잭나이프를 숨기고 살았던 때가 떠오른다. 그때의 다나는 전혀 행복하지 않았다.

메텔은 새로 온 팀장에게 모든 걸 빼앗겼다고 했다. 메텔 입장에서 팀장은 라 메탈에 등장하는 적수가 아닌 것이 분해 보였다. 욕실 유리 장식장 안에 아직도 자리를 차지하고 있는 셰이프 면도기와 배가 그려진 하얀 스킨 병, 솔이 마모된 파란색 칫솔이나 서랍장에 곱게 개켜 놓은 사각팬티. 이 모든 것이 팀장만 사라지면 주인을 되찾게 될 거라고 했다. 딱 한 번 메텔과 잠을 잔 적이 있다. 잠결에 흐느끼는 소리를 들었다. 다나는 귀를 틀어막았다. 메텔이 다나를 끌어안으며 물었다. 넌 내 말에 무조건 복종하는 거야 그렇지? 다나는 얼떨결에 고개를 끄덕였지만 차가운 칼날에 베인 것처럼 소름이 끼쳤다. 메텔의 눈물이 다나의 얼굴을 적셨다. 다나는 메텔의 체온 속에 몸을 파묻으며 복잡한 감정에 사로잡혔다. 따뜻하면서도 차갑고 있는 것 같으면서 없는 것 같은 여러 개의 감정은 머리가 여럿 달린 뱀처럼 다나를 뒤흔들었다.

메텔은 아직까지 다나에게 직접적인 명령을 내려 본 적이 없다. 그러나 영상 통화에서 했던 말이 다나의 뇌를 휘젓고 다닌다. '한 방에 끝내자!' 자신의 위치를 세밀하게 보내오는 메시지들은 마치 오늘의 서브 미션을 위한 맵처럼 여겨진다. 전동차를 가득 채운 사람들이 모두 기계 인간처럼 보인다. 라 메탈의 혹성을 그린 만화의 줄거리를 떠올린다. 영혼을 빼앗겨 기계 인간으로 가득한 라 메탈에서 메텔과 에메랄다스는 탈출을 했던가? 메텔과 에메랄다스를 구출하다 몸이 두 동강 난 '다나'는 죽음을 두려워하지 않았다. 왜? 왜였지? 스스로 목숨을 버릴 만큼 다나에게 두 자매의 존재가 그토록 소중했던 걸까.

전동차의 문이 열리자 사람들이 한꺼번에 빠져나간다. 다나는 사람들의 뒤꿈치를 보며 계단을 오른다. 지하도를 빠져나오자 거리는 사람들로 북적거린다. 다나는 사람들과 섞여 앞으로 나아간다. 누가 아군이고 적군인지 구별이 되지 않는다. 적들은 언제나 어둠 속에 숨어 뒤통수를 노린다. 벌레가 기어가듯 뒤통수가 스멀거린다. 전화국 건물이 눈에 들어온다. 리사에겐 아직 연락이 없다. 리사는 암흑으로 가득 찬 혹성에서 여전히 출구를 찾지 못한 채 헤매고 있을지도 모른다. 리사에게 소중한 건 뭘까. 리사 역시 기계 인간으로 변해 버린 건 아닐까. 리사를 떠올리자 다나는 잠시 혼란스럽다. 메텔에게 다시 문자가 온다.

메텔이 문자로 보낸 위치는 정확하다. 오피스텔 건물 앞을 지난다. 사람들이 한순간에 사라진 듯 거리는 조용하다. 다나는 주변을 살핀다. 가로수의 어린 잎사귀들은 어느새 크게 자라나 무성하게 펼쳐졌다. 다나는 자신의 푸른 잎은 여전히 단단한 기둥 안에 갇혀 바깥으로 빠져나오지 못한 것에 화가 치민다. 어디선가 갑자기 총성이 들린다. 적의 숫자가 몇 명인지 파악할 수 없다. 보이지 않는 적들은 다나를 두렵게 한다. 라 메탈 안에서 리사와 메텔과 한 가족처럼 서로를 엄호하며 미션을 수행했던 때가 떠오른다.

신호가 바뀐다. 다나는 무기를 확인한다. 메텔은 회식을 마쳤다고 했다. 남자 동료들은 2차를 갔고, 팀장은 회사 지하 주차장으로 갈 거라고 했다. 한 방에 끝내는 거야! 메텔의 눈에서 쏟아지는 푸른 광선이 느껴진다. 건물에서 뿜어 대는 열기가 다나의 온몸을 할퀴며 땀방울을 뽑아낸다. 노래방 건물을 지나 메텔의 회사가 있다는 건물 쪽으로 걸어간다. 몇몇 사내가 시끌벅적 떠들며 지나간다. 한 블록만 지나면 회사 주차장이다.

메텔은 팀장이 몇 개월 전 이직한 그녀의 남자친구를 만나러 갈 게 뻔하다고 했다. 긴 생머리 여자가 건물 지하로 내려가며 백에서 차 키를 꺼낸다.

라운드당 작전시간 3분!

메텔은 어딘가에 숨어 다나를 엄호하고 있을 것이다. 마침 주차 관리소는 문이 닫혀 있다. 다나는 눈을 비집고 들어오는 땀방울을 손등으로 닦아 낸다. 긴 생머리 여자의 구두 굽 찍히는 소리가 선명하다. 여자가 뒤를 돌아본다.

1분 경과!

발소리를 죽이고 최대한 여자의 뒤를 따라붙는다. 3분 안에 미션을 성공하지 못하면 자신이 죽어야 한다. 여자가 B2라 새겨진 기둥을 돌아간다. 신경줄이 끊어질 듯 숨이 가빠 온다. 머릿속에서 총소리가 요란하다. TRG-21이 떠오른다. 다나는 문득, 메텔의 명령 '한 방에 끝내기'를 거부하고 싶다. 아무도 내게 명령할 수 없어! 지금은 다나의 단독 미션, 아니 문식이 명령하는 미션을 수행하고 싶다. 한 방이 아닌, 더 잔인한 방법 '흉터 내기'로 깊은 상처를 입힐 것이다.

손가락 사이에서 찰칵! 소리가 난다. 금속성의 날카로움이 반짝 빛을 낸다. 손가락에 익숙한 감촉이다. 여자의 구두 굽 소리가 빨라지고 거칠게 내뿜는 숨소리가 들린다. 사내의 혁대가 떠오른다. 문식의 등짝으로 내리쳐지던 혁대의 날카로움이 칼이 되어 살을 파고든다. 사내를 말리던 할머니의 어깨 위로도 혁대가 파고든다. 다나는 사내의 미친 듯 날아오는 혁대를 붙잡는다. 손에 쥔 잭

나이프의 날이 사내의 얼굴 여기저기를 가른다. 사내의 눈이 하얗게 뒤집힌다. 무조건 복종만을 요구했던 사내. 라인 밖 문식은 주인을 배반했다. 심장 박동이 요동친다. 다나는 심장이 미친 듯 날뛰는 순간이 좋다. 기계 인간의 차가운 심장과는 다르기 때문에.

여자가 뛰어간다. 라인 밖 문식이 다나에게 명령한다. 무조건 복종할 수 있지? 예스!

2분 경과!

다나는 발소리를 죽이고 민첩하게 여자의 곁으로 뛰어간다. 여자가 놀라서 몸을 돌린다. 금속의 푸른빛이 여자의 머리 위에서 날렵하게 튕겨 나간다. 기계 인간들을 차례로 처치하다 보면 혼란이 멈추고 모든 건 제자리로 돌아갈 것이다. 여자가 놀란 새처럼 파닥거리며 찢어질 듯 비명을 지른다. 이 여자는 누구일까. 메텔의 팀장이 아니다. 주춤하던 다나의 팔이 다시 공중으로 올라갔다 빠르게 여자의 얼굴 위를 가른다. 여자가 얼굴을 감싸고 주저앉는다. 하얀 레이스 위로 검붉은 피가 분수처럼 쏟아진다.

3분 경과!
W I N !

다나는 재빨리 지하 주차장을 빠져나와 어두운 골목으로 스며든다. 가쁜 호흡을 간신히 가라앉힌다. 차가운 바람이 날카롭게 파고든다. 다나는 소스라치게 놀라며 생각한다. '나는 누구의 펫도 아니다. 다나도 아니다. 나는 단지 라인 밖 문식이일 뿐이다.' 숨을 죽이고 어디선가 문식을 지켜보고 있을 현경을 기다린다. 문식은 손바닥의 끈적이는 핏물을 바지에 닦은 뒤 칼을 똑바로 쥔다. 사이렌 소리가 골목을 휘젓는다. 골목 안쪽에서 조심스러운 발소리가 들린다. 메틸일지도 모른다. 문식은 마지막 미션을 위해 호흡을 가다듬는다. ■

하이힐

하이힐

여자가 분명하다. 작은 얼굴에 동
굴처럼 움푹 팬 커다란 눈. 감정이 없는 듯 차가운 표정과 기우뚱
걷는 걸음새까지 뒷집 여자가 틀림없다. 너는 대로 한가운데서 뒤
통수를 얻어맞은 것처럼 놀란다. 여자는 죽었다. 헛것을 보고 있
는 건 아닐까. 너는 요즘 겨울을 대비한 새로운 구두 디자인 때문
에 몹시 예민해져 있다. 피우던 담배를 바닥에 던진 뒤 손가락으
로 두 눈두덩 위를 꾹꾹 누른다. 눈꺼풀 안쪽이 모래가 들어간 것
처럼 서걱거리고 따갑다. 걸음을 멈춘 여자가 너를 빤히 쳐다본다.
피가 역류하듯 왼쪽 가슴이 팽팽하게 조여 온다. 커다란 눈에 가
득 찬 물기, 그러면서도 초연하게 웃는 여자의 표정. 숨이 끊어지

기 직전의 모습이다. 도대체 어떻게 된 거지? 그물에 걸린 물고기처럼 너의 가슴은 파닥거린다. 숨을 가쁘게 몰아쉬며 여자 쪽으로 걸음을 옮긴다.

여자는 방향을 틀어 왼쪽 길로 접어든다. 이봐요, 너는 소리를 지른다. 여자가 천천히 고개를 돌린다. 피를 몽땅 뽑아낸 짐승처럼 얼굴이 창백하다. 멍한 눈으로 잠시 네게 눈길을 주다가 네거리 쪽으로 다시 걸어간다. 너는 다급하게 여자의 뒷모습을 쫓는다. 바람이 한차례 목덜미를 훑고 지나자 중심을 잃은 다리가 휘청거린다. 구름 사이로 나타난 햇빛이 스탠드의 창백한 조명처럼 한꺼번에 쏟아진다. 너는 하얀 조명에 눈을 찔린 듯 손바닥으로 햇빛을 가린다. 정신을 차리고 고개를 들었을 때 여자는 사라지고 없다. 다리에 힘이 빠지고 맥이 풀린다. 이상한 일이다. 여자는 하이힐을 신고 있었다. 그것도 마(魔)의 굽이라 불리는 십 센티미터가 넘는, 가늘게 쭉 뻗은 라인의 구두였다. 어떻게 된 일일까.

여자는 죽었다. 좀 전에 봤던 여자는 어떻게 해석해야 할까. 뭐가 뭔지 정신을 차릴 수 없다. 예민해진 신경이 불러온 환영일지도 모른다. 모든 게 팀장의 욕심에 밀려 일주일 동안 밤낮 구분 없이 일에 시달린 탓이다. 하긴 딱히 팀장의 요구가 아니라도 너는 불면 때문에 매일 잠을 제대로 자지 못한다. 이브클럽에나 가자.

너는 오랜만에 드레스 업을 떠올리자 걸음이 빨라진다. 매일 잠이 부족한 탓에 화장은 잘 먹지 않을 것이다. 하지만 상관없다. 오늘은 아무 생각 없이 풀업에 빠지고 싶다. 그동안 인터넷 쇼핑몰에서 구입해 둔 옷과 갖가지 액세서리들을 빨리 착용하고 싶은 마음뿐이다. 한 평도 안 되는 이브클럽의 파우더 룸은 네겐 가장 특별한 공간이다. 집에서 샤워를 하고 꼼꼼하게 면도를 하거나 다리에 자란 털을 깎는 등 여장을 위한 밑 작업을 하고 나면, 정작 이브클럽으로 가서 즐겨야 할 시간은 턱없이 부족할지도 모른다. 너는 마음이 급해진다.

너는 집에 들어오자마자 업해야 할 물건들을 꼼꼼하게 챙긴다. 크로스백 안에 물건들이 뒤섞이지 않도록 차곡차곡 넣는다. 백은 금세 빵빵해진다. 아랫배가 사르르 아파 온다. 너는 화장실로 가 바지를 내리고 변기에 걸터앉는다. 끓어오르는 진동이 맥주잔을 타고 올라오는 기포처럼 뱃속에서 부글거린다. 의사는 신경성 대장증후군이라고 했다. 규칙적인 생활과 충분한 휴식과 섬유질이 많은 음식 섭취를 권했지만 어차피 네겐 불가능한 주문이었다. 뱃속에서 끓어오르는 기포는 점점 몸집과 힘이 불어나는 괴물처럼 변한다. 언젠가 대장 내시경을 하고 나오자 담당 의사는, 저는 오늘 정말 깨끗한 장을 보았습니다, 하고 말했다. 너는 의사의 말에 화를 냈다. 신경성 대장증후군 증상으로 병원에 갈 때마다 너는 의사의 말을 믿지 않았고 의사는 너의 증상을 믿지 않는 것으로 신경전을 이어 갔다. 의사는 네게 신경정신과 쪽을 권했지만 너는 꾸준히 거부했다.

화장실 쪽문으로 눈이 간다. 쪽문 틈새로 들어온 햇빛이 허벅지의 맨살을 일직선으로 갈라놓는다. 너는 햇빛이 갈라놓은 피부를 손가락으로 쓱쓱 문지른다. 뒷집 여자의 마지막 표정이 떠오른다. 여자가 죽은 지 일주일이 지났다. 그런데도 지상파 뉴스나 신문의 사회면에서 여자의 기사를 볼 수 없었다. 토막 살인이나 연쇄 실종사건 등의 뉴스는 끊임없이 이어졌지만 모두 여자와 관계없는 사건들이었다. 여자가 죽었다는 사실을 다른 사람들이 전혀 눈치 채지 못하는 게 이상했다. 여자와 동거를 했던 사내 역시 언젠가부터 나타나지 않았다.

여자는 덩치 큰 사내와 동거를 하면서도 매일 외출을 했다. 사내와 여자는 자주 다퉜다. 급기야 사내는 폭력을 휘두르기 시작했다. 그러나 여자는 사내의 폭력에 한 번도 저항을 하거나 목소리를 낸 적이 없었다. 원래 그랬던 것처럼 여자는 모든 것을 초연하게 받아들이는 것으로 보였다. 상대를 제압하거나 강하게 반발할 수 없을 땐 그 자체를 인정할 수밖에 없을 거였다. 너의 엄마도 병적으로 변해 가는 아버지의 폭력을 고스란히 받아들였으니까. 점점 무자비하게 변해 가는 사내의 폭력을 두려워하지 않는 것도 여자는 너의 엄마와 흡사했다. 너는 사내의 극으로 치닫는 폭력을 지켜보면서 치를 떨었다. 그러나 그뿐. 그들의 모든 행위에 익숙해질 무렵, 너는 이상하게 변질돼 가는 감정에 소스라치게 놀랐다. 사내가 여자의 배를 발로 차거나 주먹으로 얼굴을 치고 손에 들린 술병으로 여자의 머리를 가격할 때 너는 묘한 카타르시스를 느꼈다. 간혹 사내가 식칼을 들고 설칠 때면 너는 흥분으로 숨이 막혔다.

여자의 죽음을 목격한 건 우연이었다. 여자가 뱀피 스틸레토 힐을 신고 너를 찾아온 날, 너는 보고 말았다. 사내가 들어 올린 날카로운 도끼날에 여자의 발목이 잘려 나갔고 여자는 피를 콸콸 쏟아 냈다. 여자는 살려 달라고 흐느꼈다. 많은 피를 쏟아 낸 여자의 입술은 검푸르게 변했다. 핏발 선 여자의 눈동자는 조점이 조금씩 풀어지며 희미하게 웃는 것처럼 보였다. 너는 소스라치게 놀라 화장실 밖으로 뛰쳐나왔다. 어찌 된 일인지 여자가 신고 왔던 붉은 뱀피 스틸레토 힐이 네 품에 들려 있었다. 도무지 이해할 수 없는 상황이었지만 품 안의 힐을 보자 금세 여자의 존재를 잊고 말았다. 너는 선명하게 빛나는 붉은 스틸레토 힐을 떨리는 손으로 쓰다듬었다. 하이힐의 유혹적인 자태에 정신을 빼앗겼다. 그 후로 너는 화장실 창문에 잠금쇠를 단단히 걸었다. 다시는 여자의 집을 훔쳐보지 않으리라 다짐했다. 물론 그날부터 화장실 바닥의 갈라진 타일 틈으로 누리끼리한 정액을 쏟아 내는 짓도 그만두었다.

너는 몸을 일으켜 성기 끝에 맺힌 오줌방울을 털어 낸다. 뒷집에서 새가 깃을 치며 허공으로 날아오르는 듯한 날카로운 소리가 들린다. 너는 감전이라도 된 듯 꼼짝도 못 한다. 창문을 열어 볼까. 엉거주춤 몸을 일으키려다 도로 주저앉는다. 여자의 집을 마지막으로 훔쳐보던 날이 떠오르자 온몸에 전율이 인다. 너는 화장실 창문을 열고 다시금 여자의 집을 훔쳐보고 싶은 충동에 시달린다. 훔쳐볼 때마다 날렵하게 내리쳐지던 사내의 혁대가 마치 너의 살을 가를 것 같아 몸이 움찔거렸다. 또다시 커다란 새가 깃을 치며 허공으로 날아오르듯 날카로운 소리가 들린다. 너는 재빨리 주머니에서 휴대폰을 꺼낸다. 손이 덜덜 떨린다. 119를 누를까, 112를 누를까. 침이 바짝 마르고 뒷목이 뻐근하다. 너는 결국 어디에도 전화를 걸지 못한다. 여자는 이미 일주일 전에 죽었으니까.

일 년 전 이사를 온 뒤, 화장실 쪽문을 통해 처음으로 여자를 보았던 때가 떠오른다. 여자는 헤엄치는 물고기처럼 유연하고 생기가 넘쳤다. 네가 퇴근하고 돌아오면 여자는 늘 외출 준비로 바빴다. 옷을 홀랑 벗고 안방과 주방을 번갈아 오가며 화장을 하고, 밥을 먹고 옷을 입었다. 누군가와 통화를 하며 머리를 빗는 등 여러 가지 일을 동시에 처리하는 여자가 신기했다. 여자는 매번 새로운 남자를 데리고 왔다. 대부분 함께 온 남자들은 여자와 술을 마시다 섹스를 한 뒤 돌아갔다. 너는 틈만 나면 화장실 쪽문 틈새에 매달려 여자를 지켜보았다. 너는 야동이나 게임도 모두 끊고 대부분의 시간을 화장실에서 보냈다. 여자는 죽기 한 달 전부터 사내와 동거를 시작했다. 여자는 그때부터 점점 생기 잃은 채소처럼 푸석하게 변해 갔다. 너는 여자의 변화에 묘한 쾌감과 흥분을 참지 못해 자위의 횟수가 늘었다.

너는 휴대폰에 번호를 입력한 뒤 통화 버튼을 길게 누른다. 제말을 왜 안 믿는 겁니까? 수사를 해 보면 알 거 아닙니까. 예? 무슨 관계냐고요? 아무 관계도 아닌데······. 이름하고 나이요? 제가 그걸 어떻게 알아요. 네? 이름요? 모르셔도 되는데요. 아니, 미친놈이라니요, 지금 장난으로 보입니까? 장난전화라뇨! 에잇! 병신새끼들. 너는 거칠게 휴대폰 종료 버튼을 누른다. 얼굴이 시뻘겋게 달아오른다. 너는 때 묻은 타일 바닥 위로 쏟아진 끈끈한 정액을 발가락 끝으로 뭉개며 인상을 쓴다. 화장실 창문으로 온 신경이 집중된다. 창문의 잠금쇠를 걸어 내고 문을 슬그머니 오른쪽으로 밀어 틈새를 벌린다. 뒷집의 안방이 보이고 옆으로 시선을 옮기자 주방의 공간이 훤히 드러난다. 뒷집의 창문은 안이 훤히 들여다보이는 투명유리다. 여자의 집은 창마다 커튼이 없었다. 살림에는 관심이 없어 보였다. 여자가 죽기 삼 일 전이었다. 그날은 사내에게 여자가 심하게 말대꾸를 한 날이었다. 너보다 십 센티는 키가 커 보이는 사내는 여자를 물건처럼 거칠게 몸을 들어 벽으로 던졌다. 그런 뒤 성큼성큼 여자에게 다가가 커다란 발을 들어 얼굴과 가슴을 차례로 짓이기다 배를 가격한 뒤 분이 풀리지 않는지 여자의 목을 졸랐다. 너는 다른 날과 달리 숨도 쉴 수 없을 만큼 흥분했다.

여자의 시체는 어떻게 된 걸까. 여자의 집은 평소보다 지나치게 깨끗해 보였다. 일에 쫓겨 일주일 동안 여자의 집을 지켜보지 못했다. 사내가 그사이 여자의 시체를 감쪽같이 처리한 건 아닐까. 아니면 대문 옆 감나무 밑에 파묻은 건 아닐까. 감이 유난히 탐스럽고 성성한 건 혹 시신의 양분을 흡수해서 그런 건 아닐까. 그도 아니면, 토막 낸 시신의 일부를 비닐에 나눠 싸 냉동 칸에 보관하고 있는 건 아닐까. 너는 갑자기 뒷목이 싸늘해진다. 사내는 왜 보이지 않는 걸까. 여자를 죽일 때 사내의 모습은 너의 아버지와 똑같았다. 날카로운 도끼날에 난도질당하던 여자의 몸이 떠오르자 속이 울렁거린다. 비좁은 화장실 공간이 문득 동굴처럼 음습해 보인다. 피에서 풍기는 비린내가 화장실 곳곳에 가득 찬 것 같아 숨이 막힌다. 너는 샤워기를 틀어 성기와 허벅지에 묻은 정액을 대충 씻어 낸다. 다리의 털을 면도하는 걸 포기하고 재빨리 화장실에서 뛰쳐나온다. 온몸이 뜨거워지고 목이 타오른다. 너는 물을 마시러 냉장고 쪽으로 다가가다 걸음을 멈춘다. 냉장고 문을 열지 않은 지 일주일도 넘었다는 것이 떠오른다. 너는 갑자기 붉은 뱀피 스틸레토 힐이 떠오른다. 빨리 드레스 업을 하고 싶어 가슴이 절절 끓어오른다.

크로스백을 뒤집어 내용물을 쏟아 낸다. 벽에 걸린 거울을 내려 바닥에 세운다. 얼굴 전체에 파운데이션을 펴 바르고 파우더에 분을 발라 번질거리는 피부에 두드려 바른다. 엄마의 뒷모습에서 풍겨 오던 연한 분 냄새와 같은 향기가 너의 마음을 안정시켜 준다. 화장대에 앉은 엄마의 뒷모습은 늘 낯설었다. 엄마의 분 냄새는 언제나 아버지의 분노를 부추기는 것이었고, 네겐 불안을 키워 주는 것이었다. 어린 너는 엄마의 냄새를 찾느라 자주 화장대를 어질러 놓았다. 점점 여자로 변해 가는 거울 속 남자가 눈꼬리를 올리며 교태스럽게 웃는다. 면도를 하지 않아 수염자국이 푸릇하다. 립스틱을 꺼내어 입술을 빨갛게 칠한다. 입고 있던 옷을 모조리 벗고 흰색 브래지어와 팬티를 집어 든다. 여자는 흰색 속옷을 즐겨 입었다. 너는 여자의 속옷을 들고 냄새를 맡는다. 마치 여자가 네 몸을 감싸고 있는 것 같다. 잠시 나른한 행복감에 젖는다.

　브래지어에 볼륨패드를 두 개씩 끼워 넣어도 너의 가슴은 빈약해 보인다. 몸에 꽉 끼는 검은색 터틀넥은 가슴의 곡선을 살리는 데 효과적이다. 나팔꽃 모양의 붉은색 플레어스커트를 입는다. 다리의 줄기를 타고 나팔꽃이 붉게 피어오른다. 너는 다리의 근육을 가리기 위해 검은색 레깅스를 신는다. 뼈대가 굵은 미라는 비정상적일 만큼 왜소한 너의 체격을 언제나 부러워했다. 액세서리를 빠짐없이 걸치고 백에 화장품을 쓸어 넣는다. 장식대 위를 가득 메운 하이힐을 내려다본다. 네가 가장 신경 쓰는 부분은 하이힐이다. 다른 소품들은 클럽에서 대여를 하거나 인터넷으로 구입을 한다. 하지만 하이힐만큼은 직접 만들거나 구입해야 직성이 풀린다. 너는 하이힐을 구입하느라 한 달 월급을 몽땅 털어 넣기도 하고, 직접 디자인을 해서 수제화 전문점에 주문을 하기도 한다. 하이힐을 신으면 너는 마치 구름 위를 걷는 것처럼 가뿐하다.

　탐스러운 붉은 뱀피 스틸레토 힐을 집어 드는 너의 손길이 파르르 떨린다. 장식대 위에 줄지어 선 다른 구두들은 눈에 들어오지 않는다. 가장 이상적인 굽의 높이는 구 센티미터라고 한다. 그러나 너는 가보시가 없는 십이 센티미터의 굽을 가장 완벽하게 생각한다. 모든 창조는 뭐다? 그렇지, 모방이다. 유명 브랜드의 디자인은 누구를 위해 있다? 그래, 바로 우리지! 이봐, 이 디자인이 요즘 애들한테 먹힐 거라고 생각하나? 우리는 뭐만 신경 쓰면 된다? 재빠른 모방! 이봐, 눈치가 있어야지. 요즘 정신 나간 것처럼 왜 그래? 센스가 바닥난 건가? 고전과 현대를 아우른 십 센티미터 우아한 곡선의 스틸레토 힐 디자인을 제출하자, 팀장은 역시나 예상했던 반응을 보였다. 질문 형식의 특유의 말버릇으로 거품을 물었다. 모방하는 것도 일이냐, 그럴 거면 직접 부티크를 차리든가, 무시하는 투로 비난을 퍼부었다. 돈만 밝히는 인간, 예술의 깊고 오묘한 가치를 모르는 무식한 자식.

타는 듯 선명한 붉은 뱀피로 둘러싸인 구두는 뾰족한 앞코를 따라 가냘픈 곡선을 이루며 발목 끈으로 유연하게 이어진다. 둥글게 연결된 선정적인 뒤태는 가는 굽을 따라 아래로 절묘하게 흘러내린다. 굽 안쪽 아래 창은 납작하면서도 굴곡을 이루어 숨겨진 여성의 속살처럼 도발적이다. 마치 빨간 슬립의 끈을 막 벗어 내리는 아름다운 몸매의 곡선처럼 힐은 너를 강렬하게 유혹한다. 은은한 가죽 향이 코끝으로 스민다. 아찔한 굽의 곡선을 따라 천천히 뒤쪽 코에 손가락을 집어넣는다. 떨리는 손가락으로 힐을 집어 든다. 뱀피 스틸레토 힐을 신고 싶은 열망을 억지로 참아 왔던 긴 시간이 떠오른다. 발바닥이 열꽃으로 활활 타오른다. 너는 발가락을 구두

안으로 밀어 넣는다. 깊고 어두운 여자의 자궁처럼 움푹한 공간으로 발이 미끄러지듯 스며든다. 너는 어느새 네가 아닌 다른 존재로 태어난 느낌이다. 문득 뱀피 스틸레토 힐을 훔치던 여자의 모습이 떠오른다.

여자는 그날 쇼윈도에 바짝 붙어 안을 들여다보고 있었다. 엉덩이를 뒤로 쭉 뺀 자세로 얼굴 양옆으로 두 손바닥을 펼쳐 햇빛을 가리고 있었다. 너는 옆 건물에 있는 조은부동산 옆으로 몸을 숨기고 여자를 지켜보았다. 여자는 주위를 두리번거렸다. 슈즈 숍 안에는 주인이 보이지 않았다. 여자가 쭈뼛거리며 엔젤슈즈 문을 밀고 안으로 들어갔다. 너는 재빨리 쇼윈도 옆으로 가 여자의 행동을 지켜보았다. 여자는 라스트에 끼워진 붉은 뱀피 무늬의 스틸레토 힐을 벗겨 냈다. 바닥에 하이힐을 내려놓고 자신이 신고 있던 때 묻은 로퍼를 벗었다. 여자의 발은 몸집에 비해 작고 가늘고 예뻤다. 여자는 하이힐에 발을 끼워 넣은 뒤 발목에 가느다란 끈을 감았다. 마치 붉은 뱀의 꼬리가 여자의 발목을 타고 위로 기어 올라가는 것처럼 보였다.

너는 너무 놀라 숍 안으로 뛰어 들어갈 뻔했다. 팀장에게 센스가 없다고 핀잔을 들었던 스틸레토 힐의 디자인과 흡사했다. 컬러에 미세한 차이가 있을 뿐 굽의 높이나 유연하게 뻗은 곡선, 발목

을 타고 오르는 가는 끈의 장식과 뱀 머리로 발목을 휘어 감는 듯
한 세심한 디자인까지. 게다가 뱀피를 이용한 재료까지 모두 똑같
았다. 누군가 네 디자인을 훔쳐 이곳에 팔아넘긴 건 아닐까 착각할
정도였다. 너는 꿈을 꾸는 것 같았다. 붉은 뱀피의 우아한 실루엣
에 너도 모르게 숨이 막혔다. 가슴 깊은 곳에서 저 구두는 내 것이
야, 거칠게 외치는 소리가 들렸다. 하이힐은 여자의 작은 발에 비
해 사이즈가 커 보였다. 여자는 뒤뚱거리며 전신 거울 앞으로 다가
가 하이힐을 이리저리 살폈다. 그러곤 재빨리 하이힐을 벗어 손에
들고 자신의 신발로 갈아 신었다. 너는 뛰어 들어가 여자의 손에서
구두를 빼앗고 싶은 충동에 시달렸다. 목으로 마른침이 넘어갔다.

　안쪽에서 주인이 하품을 하며 걸어 나오는 것이 보였다. 주인
이 여자에게 인사를 하며 뭐라고 말을 걸었다. 여자는 유리문을
밀치고 쏜살같이 뛰쳐나왔다. 주인이 고개를 갸우뚱거렸다. 여자
는 네 앞을 가로질러 옆 골목으로 뛰어갔다. 너는 주인이 뒤따라
나오는 것을 지켜보다 주인보다 빨리 여자가 사라진 골목으로 뛰
었다. 꺾어진 빌라 건물의 주차장으로 무작정 여자의 팔을 잡아끌
었다. 모퉁이의 좁은 공간에 여자를 눌러 앉히고 손바닥으로 여자
의 입을 틀어막았다. 엔젤슈즈 주인은 빌라 건물 앞을 지나쳐 골
목 안쪽으로 뛰어갔다. 주인이 욕설을 퍼부으며 골목을 다시 돌아

나올 때까지 너는 여자의 입에서 손바닥을 떼지 못했다. 여자의 눈동자가 불안하게 흔들렸다. 잠시 후 손바닥을 떼자 여자가 히죽히죽 바람 빠지는 소리를 내며 웃었다. 왜 그랬어요? 네가 묻자, 여자는 하이힐을 바짝 끌어안은 채 계속 키득거렸다. 이 구두를 본 순간 꼭지가 돌았어요. 여자의 눈은 욕망이 충족된 짐승처럼 포만감으로 번들거렸다. 너는 여자의 손에 들린 힐을 빼앗고 싶어 손이 부르르 떨렸다. 여자는 신데렐라가 되는 꿈을 꾸었는지 모르겠다며 킬킬거렸다. 날렵한 머리를 빳빳하게 세운 두 마리의 붉은 뱀이 여자의 가는 팔뚝을 타고 혀를 날름거리는 것 같았다. 너는 시디신 침을 자꾸만 목 안으로 밀어 넣었다.

　너는 지갑과 휴대폰을 백에 넣고 마지막으로 현관 키를 챙긴다. 현관문을 닫고 이층 계단을 내려온다. 십 센티미터가 넘는 굽은 처음이라 걸음을 떼기가 불안하다. 여자의 집을 힐끗 쳐다본다. 왼쪽으로 곧장 가면 찻길이 나온다. 하지만 너는 뒷집 대문 쪽으로 몸을 돌린다. 대문은 열려 있다. 태풍이 북상하고 있다더니 물기를 머금은 바람이 방향 없이 뒤섞인다. 플레어스커트가 바람에 팔랑거린다. 태풍이 몰고 온 바람이 대문 안쪽으로 한꺼번에 몰려 들어간다. 낡고 좁은 대문 틈에서 병든 말이 내지르는 듯한 소리를 낸다. 너는 조심스럽게 뒷집 대문 쪽으로 걸어간다. 우편물이 바닥에 어지럽게 쌓여 있다. 대부분 고지서다. 대문 틈새로 안쪽 풍경이 희끗희끗 드러났다 사라진다. 대문의 차가운 표면에 손가락을 대고 밀어 본다. 문이 안쪽으로 힘없이 밀려난다. 대문 위로 뻗은 감나무에서 잘 익은 감들이 발밑으로 투두둑 떨어지자 너는 가슴이 철렁 내려앉는다. 감나무 밑 땅속 깊숙한 곳에서 서늘한 기운이 비밀스럽게 전해진다. 금방이라도 사내가 튀어나와 도끼로 네 발목을 내리칠 것 같다. 너는 찻길을 향해 마구 뛴다.

찻길로 나오자 바람의 흔적이 여기저기서 나풀거린다. 금방이라도 비가 쏟아질 폼이다. 택시를 잡으려 찻길로 뛰어 내려가 손을 흔든다. 아무리 기다려도 빈 택시가 보이지 않는다. 어쩌다 오는 택시도 그냥 지나쳐 간다. 날카로운 통증이 머리를 파고들자 너도 모르게 이마를 찡그린다. 뱃속이 부글거리며 끓어오르기 시작한다. 피로가 오랫동안 누적된 탓이다. 이브클럽에 가면 모든 것이 안정될 것이다. 이브클럽은 인터넷에서 알게 된 여장남자들의 카페이다. 이브클럽을 찾아가 다른 사람들과 함께 크로스 드레서를 즐기게 된 건 미라의 설득 때문이었다.

이브클럽에 드나들기 전에 너는 집에서 혼자 여장을 즐겼다. 네가 유일하게 즐기는 것은 화장을 한 뒤 여자의 옷을 하나씩 입어 보는 것이었다. 그런 과정은 불안감과 쾌락의 감정이 뒤섞여 너를 들뜨게 했고 동시에 안정을 주었다. 여장을 하고 나면 비로소 숨통이 트이고 자유로운 기분에 휩싸였다. 여장을 즐기는 행위는 엄마의 냄새를 찾아다니는 숨바꼭질 놀이와도 같았다. 엄마에 대한 기억은 여러 가지 형태로 나타났다. 윤기 나는 검은 머리카락을 길게 늘어뜨린 모습이나 한쪽 눈알이 빠져 검은 동굴처럼 시커멓게 파인 눈구멍. 콧대가 부러져 옆으로 주저앉았거나, 때로는 빨간 립스틱을 바르고 요부처럼 웃고 있는 모습도 떠올랐다. 도마 위에 눕혀진 생선처럼 아가미를 벌떡거리는 엄마의 모습이 떠오르면 너는 극도의 긴장감에 숨을 헐떡였다. 찢어진 기억을 한 조각씩 이어 붙인 엄마의 기억은 짓밟히고 터지고 찢기고 잘려진 것투성이로 한 번도 제 모습을 찾은 적이 없었다.

지하철을 타기 위해 걸어가는 동안 너는 쇼윈도에 비친 네 모습을 바라본다. 하이힐의 굽 높이가 신경이 쓰이긴 하지만 충분히 만족스럽다. 독사의 머리처럼 날렵하게 뻗은 삼각형 모양의 앞 라인. 타는 듯 선명한 붉은 색상의 윤기가 옆 곡선을 따라 뒤쪽으로 절묘하게 이어졌다. 가늘고 긴 굽의 라인으로 연결되는 뒤태가 현기증 날 만큼 아름답다. 쇼윈도에 비친 빨간 플레어스커트에 붉은 스틸레토 힐을 신은 여자는 실제의 너보다 십 센티미터나 더 크고 늘씬하다. 목선을 감춘 검은 터틀넥이 육감적으로 보인다. 풀어 헤친 머리카락이 어깨선 위에서 바람에 나긋나긋 흩날린다. 쇼윈도에 비친 여자가 나른한 눈빛으로 너를 마주 본다. 스커트 밑에 비밀스럽게 구겨져 있던 남성이 벌떡 잠에서 깨어난다. 깜짝 놀란 너는 허둥대며 쇼윈도 앞을 떠난다. 지나가던 여자들이 너를 보며 수군거린다. 스커트가 바람에 펄럭였지만 내버려 둔다. 처음으로 마음에 드는 힐을 소유했고, 스틸레토 힐의 높은 굽 위에 너는 서 있다. 새삼 존재감과 넘치는 자존감으로 흥분이 극에 달한다. 문득 발에 맞지 않는 구두를 신고 뒤뚱거리던 여자의 모습이 떠올라 웃음이 튀어나온다.

여자는 장식장에 진열해 놓은 갖가지 하이힐을 보고 감탄했다. 독특한 디자인의 여러 종류의 하이힐에 정신을 빼앗기면서도 끝까지 붉은 스틸레토 힐을 가슴에 품고 있었다. 너는 어떻게 해서든 여자가 두 팔로 감싸고 있는 붉은 스틸레토 힐을 빼앗고 싶었다. 여자는 네가 자신의 앞집에 살고 있다는 걸 이미 알고 있는 눈치였다. 여자는 혼자 살 때의 모습이 없었다. 예쁘진 않았지만 묘한 매력을 품고 있던 느낌은 이미 사라진 지 오래였다. 하이힐 광이신가 봐요. 여자가 위아래로 너를 훑어보았다. 아깐 몰랐는데, 체격이 왜소하네요. 저랑 발 사이즈도 비슷해 보이고, 설마⋯⋯. 이 많은 구두들, 다 그쪽 거예요? 너는 직업이 구두 디자이너라고 말했다. 여자는 신데렐라 구두를 만드는 마법사인가, 라고 말하며 활짝 웃었다.

너는 아무 소리도 들리지 않았다. 여자의 팔 안에 갇힌 붉은 뱀피 스틸레토 힐에 온 신경이 집중됐다. 여자는 뭔가 이상한 느낌을 받았는지 구두를 안은 팔을 더 단단하게 휘감았다. 마치 보석을 품고 있는 것처럼. 하긴 보석이라는 표현이 마땅했다. 이 세상에 하나뿐인 우아하고 신비한 보석. 보석은 알아보는 사람만이 소유할 자격이 있다. 여자는 굳이 저 구두가 아니어도 상관없을 터였다. 너는 여자에게 화려한 디테일의 오픈토 힐을 라스트에서 꺼내어 신어 보라 권했다. 여자는 고개를 흔들었다. 너는 온몸이 뻣뻣하게 긴장되는 것을 느꼈다. 여자는 갑자기 태도를 바꾸며 네가 내민 주스 잔을 거부한 채 현관문 밖으로 나갔다. 여자의 눈은 너를 비웃고 있었다. 너는 그렇게 믿었다. 너는 울컥 화가 치밀었다. 손바닥이 뜨겁게 달아오르고 얼굴이 화끈거리며 속이 부글부글 끓어올랐다. 여자를 쫓아가 무릎을 꿇리고 사과를 받고 싶었다. 무시당했다는 생각과 함께 여자의 품에 안긴 힐이 떠올라 너는 분노가 치밀었다. 너에게 이제 다른 구두는 의미가 없었다.

팀장은 겨울 신상품으로 가장 잘나가는 유명 브랜드의 부츠 디자인 팸플릿을 직원들에게 던져 주었다. 디자인을 교묘하게 베

끼는 거야 식은 죽 먹기였다. 하지만 아무리 싸구려 구두 디자인을 하더라도 너는 너만의 독특한 개성을 접목하려 애썼다. 팀장이 넘겨준 팸플릿을 집어 던지고 인터넷을 검색하다 너를 사로잡는 디자인을 발견했다. 너는 눈을 의심했다. 실험적 디자인으로 요즘 각광을 받고 있는 젊은 디자이너 그룹의 브랜드인 구두. 뮬과 앵클의 복합된 형태로, 뫼비우스 띠를 연상케 하는 독특한 모양의 천이 발을 감싸 주는 디자인이었다. 알루미늄 느낌이 도는 크림색의 신비함과 깊은 컬러의 쉬크한 라인감이 특히 눈에 띄었다. 그러나 정작 너를 사로잡은 건 발등과 발목을 감싸는 천이었다. 엄마의 발에 감겼던 피 묻은 천의 이미지가 머릿속을 가득 채웠다. 그 구두를 본 이후로 너는 도무지 일이 손에 잡히지 않았다. 붉은 스틸레토 힐과 발목을 감싼 구두의 이미지가 머릿속을 채워, 간단한 디자인 모방도 힘들 지경이었다. 일은 더뎠고 신경성 대장증후군은 정신을 차릴 수 없을 만큼 너를 괴롭혔다. 너는 환영을 보는 횟수가 늘었다. 급기야 엄마와 여자의 환영이 뒤죽박죽 뒤엉켜 너를 괴롭혔다. 너는 무슨 일을 저지르고야 말 거라는 강박에 휩싸였다.

엄마는 외출할 때 언제나 빨간 구두를 신었다. 왜 하필 빨간 구두였을까. 어린 시절 《빨간 구두》라는 동화를 읽고 너는 네가 읽은 것 중 가장 끔찍한 동화라 생각했다. 엄마는 동화 속 여자애처럼 빨간 구두의 유혹을 뿌리칠 수가 없었던 걸까. 엄마가 외출하고 나면 너는 엄마의 냄새를 찾아 숨바꼭질하듯 집 안을 뒤졌다. 갖은 폭력에도 꿋꿋이 외출을 끊지 못하는 엄마 때문에 아버지는 점점 미쳐 갔다. 그날은 며칠 만에 엄마가 몰래 외출한 뒤, 종일 술을 마시던 아버지가 사라졌다. 너는 늦은 밤까지 집 앞 골목에 앉아 엄마와 아버지를 기다렸다. 너의 집은 높은 지대에 있었다. 집 앞 계단을 내려서면 주택 사이사이로 골목이 뚫려 가로로 아래쪽까지 이어진 골목과 연결이 되었다. 마치 사다리를 옆으로 눕혀 놓은 형태의 구조였다.

멀리서 흐느끼는 듯한 소리가 들렸고, 아버지의 목소리도 들렸다. 너는 앞쪽으로 뛰어가며 가로로 연결된 골목 아래를 살폈다. 하나, 둘, 셋……. 주택 사이로 뚫린 골목을 차례로 지나자 저 아래 가로등 불빛에 엄마와 아버지의 모습이 눈에 띄었다. 너는 그 자리에 돌처럼 굳어 버렸다. 두 발이 잘린 건지, 발등을 천으로 친친 동여맨 엄마가 아버지에게 질질 끌려오고 있었다. 아버지는 빨간 구두 여자애의 발을 잘라 버린 나무꾼이 된 것 같았다. 너는 아버지가 너무도 무서웠다. 숨도 제대로 쉬지 못한 채 까치발을 딛고 골목 끝을 향해 뛰었다. 금방이라도 아버지가 칼을 들고 나타나 너의 발목까지 잘라 버릴 것 같았다. 바지 틈으로 뜨뜻한 오줌이 줄

줄 새어 나왔다. 너는 집에서 최대한 멀리 떨어진 골목 틈새에 숨어 소리 죽여 울었다. 엄마는 빨간 구두를 신고 미친 듯 춤을 추던 동화 속 여자애와 같은 병을 앓고 있었을 것이다. 생각해 보니 죽은 엄마의 얼굴은 몹시 음탕한 여자 같았다.

부르르 떨리는 휴대폰의 진동이 허리께에 전해진다. 너는 번호를 확인하는 것이 귀찮아 내버려 둔다. 빗방울이 얼굴 위로 툭툭 떨어진다. 지하철 입구까지 걸어오는 동안 빗방울이 거세진다. 계단을 내려서려다 너는 우뚝 걸음을 멈춘다. 여자가 뒤뚱거리며 찻길을 건너오고 있다. 몇 시간 전에 보았던 모습과 똑같은 차림이다. 너는 꼼짝 못 하고 여자의 모습을 쫓는다. 여자가 네 곁을 지나 계단을 내려간다. 다리가 후들거리고 현기증이 인다. 아래로 뻗은 계단이 위로 솟구쳐 올라오는 사다리처럼 보인다. 여자는 한 계단 한 계단 천천히 발을 뗀다. 여자의 뒤통수는 물속으로 가라앉듯 조금씩 아래로 잠긴다. 너는 몹시 혼란스럽다. 잘못 본 거겠지. 설마 죽은 여자가 되살아날 리 없어. 드디어 나는 미친 건가. 내가 미친 건가. 난 미친 게 아냐, 아니라고! 너는 중얼거리며 계단을 내려간다. 요즘 들어 팀장과 직원들이 너를 미친놈 대하듯 한다는 걸 너는 잘 알고 있다.

너는 계단 난간을 붙들고 속도를 내 보려 하지만 걸음새가 불안하게 꼬인다. 여자의 뒤통수가 사람들 사이로 잠긴다. 계단을 다 내려왔을 때 여자는 이미 저만치 걸어가고 있다. 여자가 신은 하이힐의 뾰족한 굽이 차가운 대리석 바닥을 치며 건조하고 리드미컬한 소리를 낸다. 너는 다리가 후들거리고 손이 바르르 떨린다. 여자를 따라잡으려 걸음을 빨리 할수록 몸이 앞으로 구부러지고 발목이 아프고 척추가 뻐근해진다. 여자는 도도한 걸음걸이로 앞만 보고 걷는다. 순간 너는 여자가 죽지 않고 살아 있을지도 모른다는 생각을 한다.

여자는 엔젤슈즈에서 붉은 뱀피 스틸레토 힐을 훔친 뒤, 삼일 만에 너를 찾아왔었다. 일이 손에 잡히지 않아 아프다는 핑계로 일찍 퇴근한 날이었다. 그동안 수집해 온 갖가지 하이힐을 하나씩 들여다보고 있었다. 모두 시시했다. 뫼비우스 띠처럼 발목을 감싸던 천의 이미지가 자꾸만 눈에 어른거렸다. 그러나 무엇보다 너의 마음을 온통 휘어잡고 놓아 주지 않은 것은 여자가 훔친 붉은 스틸레토 힐이었다. 일을 제대로 하지 못하자 팀장의 입에서 해고라는 말이 반복됐다. 그럴 때마다 너는 책상을 발로 걷어차거나 팀장의 멱살을 틀어잡는 상상을 했다. 팀장은 너를 정신병자 대하듯 했다. 그러나 네가 만든 디자인의 구두는 언제나 히트를 쳤기에 함부로 해고를 하지 못했다. 너는 여자가 훔친 붉은 스틸레토 힐을 손에 넣지 않으면 아무것도 할 수 없을 것 같았다. 너는 여자가 스스로 찾아와 준 것이 너무나 기뻐 소리라도 지르고 싶었다. 여자는 술병을 들고 있었다. 스스럼없는 여자의 행동이 천박해 보여 너는 못마땅했다. 오랫동안 화장실 문틈으로 훔쳐보았던 신비로운 비밀을 도둑맞은 기분이었다. 여자는 네게 유일한 성적 흥분 대상이었고 동시에 연민과 증오의 대상이었다. 술에 취해 불온한 냄새를 풍기는 여자 앞에서 너의 감정은 더없이 싸늘하고 차갑게 돌아섰다.

여자는 자신의 사생활을 지껄이다 중간중간 물었다. 누군가에게 버림받은 적 있어요? 이유 없이 위로받고 싶은 적은요? 난 왜 그런지 늘 뭔가가 허전하고 그리워요. 그쪽은 어때요? 너는 아무 대답도 하지 않았다. 그리움? 너는 한 번이라도 엄마의 젖냄새를 맡아 보고 싶었다. 아무리 부정해도 엄마는 네게 가장 그리운 대상이었다. 여자는 몹시 술이 취해 있었다. 여자의 붉게 물든 얼굴 위로 음탕한 미소가 번졌다. 네 곁으로 다가와 허벅지를 만지며 여자가 말했다. 나랑 잘래요? 여자의 도발적인 행동에 너는 갑자기 증오심이 솟구쳤다. 뱃속에서 미친 듯 끓어오르는 살기를 잠재우느라 얼굴이 시뻘겋게 달아올랐다. 여자는 그런 너의 모습을 성적 흥분으로 오해한 건지 깔깔대며 웃었다. 너는 여자를 현관 쪽으로 끌고 갔다. 여자는 얼굴을 일그러뜨리며 쏘아붙였다. 왜요? 내가 여자라서요? 당신 동성애자지? 너는 술에 취해 떠드는 여자를 밀쳐 내고 문을 쾅 닫았다. 문밖에서 여자가 히스테릭한 소리로 웃어 댔다.

너는 여장을 함으로써 성적 쾌감을 느끼는 트랜스베스타이트가 아니었다. 그렇다고 남성을 유혹하는 동성애자도 아니었다. 동성애자인 미라도 가끔 너를 의심했다. 왜 자신의 본성을 속이느냐는 거였다. 다행인지 미라는 몇 번의 유혹 끝에 네가 동성애자가 아니라는 것을 깨닫고 쉽게 너를 포기했다. 미라와 유일한 친구로 남을 수 있었던 이유였다. 사사로운 감정이 서로를 멀어지게 할 수도 있다며, 미라는 너에 대한 감정을 애써 추스르는 것처럼 보였다.

여자와 너의 하이힐 찍히는 소리가 지하도의 공간을 불규칙적으로 파고든다. 너는 점점 여자의 뒷모습에 가까이 다가가며 자세히 살핀다. 키가 작고 엉덩이가 큰 여자의 모습은 뒷집 여자와 똑같다. 몸집에 비해 유난히 가는 다리도 그렇다. 여자는 똑같은 보폭을 유지하며 균형 있게 걷는다. 저기, 이봐요. 여자의 뒤통수에 대고 소리를 지른다. 뒤를 돌아본 여자가 갑자기 악, 소리를 지르며 뛰어간다. 역시 뒷집 여자가 틀림없다. 붉은 뱀피 스틸레토 힐은 유일해야 했다. 여자의 죽음을 목격한 뒤 여자의 집을 훔쳐본 건 오늘 처음이다. 싸늘하게 빈집은 여자가 죽었다는 것을 말해 주는 명확한 증거다. 그러나 네겐 이제 여자가 죽었거나 살아 있다는 건 중요하지 않다. 다만 여자의 발에 끼워진 또 다른 붉은 뱀피 스틸레토 힐만은 용납할 수 없다. 너는 문득 네 발에 끼워진 붉은 스틸레토 힐이 가짜라는 생각이 든다. 너는 여자를 놓치지 않으려 안간힘을 쓴다. 지나치는 사람들이 너를 쳐다보며 키득거리기도 하고 한마디씩 내뱉는다.

지하도의 긴 통로를 따라 여자는 뛰듯 걷는다. 복잡하게 뒤엉킨 사람들 틈에서 여자를 쫓는다는 건 몹시 힘들다. 여자는 카드를 개찰구에 인식시킨 뒤 계단을 내려간다. 너는 재빨리 개찰구를 빠져나가 계단을 향해 뛴다. 발에 끼워진 하이힐이 성가시다. 간간이 뒤를 돌아보는 여자는 계단을 이미 내려간 뒤 모퉁이로 재빨리 사라진다. 열차가 도착한다는 방송이 들린다. 너는 난간을 붙든 채 숨을 헐떡거리며 겨우 계단 아래로 내려선다. 열차가 스르륵 미끄러지듯 들어온다. 문이 열리고 열차의 옆구리 곳곳에서 사람들이 오물처럼 토해져 나온다. 여자가 막 열차에 오르는 것이 눈에 띈다. 너는 다급하게 바로 앞문으로 들어간다.

비가 제법 내리는지 사람들은 모두 축축하게 젖어 있다. 열차 안은 시큼하고 텁텁한 냄새로 가득하다. 여자들의 화장품 냄새와 땀 냄새가 뒤섞여 속이 메슥거린다. 뱃속의 기포가 최고조로 끓어오르고 머리가 터질 것 같다. 죽어 가던 여자의 흐느끼던 목소리가 목을 조르듯 점점 너를 옥죈다. 지하철 안은 사람들로 빽빽하다. 옆에 붙어 선 남자들의 숨소리가 불규칙하게 뿜어져 나온다. 딱딱한 물체가 엉덩이에 와 닿는다. 너는 손을 뒤로 돌려 딱딱한 물체를 꽉 틀어쥔다. 등 뒤에서 헉, 소리가 들리고 곧이어 씨발년, 욕설이 들린다.

여자는 출입문 앞에 바짝 붙어 다음 역에서 곧장 내린다. 너는 여자를 따라 열차에서 내린다. 여자는 뒤를 힐끔거리며 사람들 틈으로 몸을 숨긴다. 너는 여자의 뒤로 바짝 다가서 어깨를 건드린다. 하이힐 때문에 엉덩이가 뒤로 빠진다. 이봐, 왜 날 모른 척하지? 여자가 비명을 지르며 소리를 지른다. 아악! 누구세요, 왜 자꾸 따라오는 거예요? 여자는 눈을 동그랗게 뜨고 사람들 틈으로 마구 뛰어간다. 너는 사람들을 밀치며 여자의 뒤를 쫓는다. 여자는 뛰면서 새된 소리로 계속 비명을 지른다. 여자의 발에 끼워진 붉은 뱀피 스틸레토 힐을 보자 가슴이 터질 듯 뛴다. 혀 밑에서 시디신 침이 줄줄 새어 나오고 눈동자의 핏발이 터질 것 같다. 지하도의 천장과 바닥이 네 몸을 구겨 버릴 듯 압축해 온다. 너는 여자의 양팔을 붙잡고 거칠게 바닥으로 팽개친다. 아악, 살려 주세요! 뒷집 여자의 목소리도 여러 갈래로 갈라졌었다. 나중에는 흐느끼면서 살려 달라고도 했다. 뒷집 여자의 발목은 가늘었다. 도끼로 몇 번 내리치자 뚝 소리와 함께 금방 잘려 나갔다.

그날 술에 취해 떠드는 여자를 내보낸 뒤 문을 닫고 나자, 음탕한 미소를 흘리며 죽어 가던 엄마가 떠올랐다. 너는 뱃속에서 거칠게 끓어오르는 기포가 아버지의 영혼이라고 착각했다. 현관문 뒤에서 히스테릭한 소리의 여자의 웃음소리가 들렸다. 너는 온몸이 부들부들 떨려 정신을 차릴 수가 없었다. 현관문을 열고 정신없이 여자를 쫓아갔다. 여자는 비틀거리며 막 계단을 내려가고 있었다. 보석은 알아보는 사람만이 가질 자격이 있다. 여자는 보석을 소유할 자격이 없다.

붉·은·뱀·피·스·틸·레·토·힐.

세상에 단 하나뿐인 하이힐, 이건 내 것이야! 사람들이 소리를 지르며 도망가거나 몰려들고, 경찰복을 입은 사내들이 사람들을 헤치며 앞쪽에서 뛰어온다. 너는 빨간색 하이힐을 두 손에 들고 포만감에 젖은 듯 웃고 있다. 너의 두 발에는 또 다른 빨간색 하이힐이 신겨져 있다. ■

트릭 오어 트릿

트릭 오어 트릿

    소년의 몸은 앞으로 고꾸라질 듯 위태롭다. 골목은 기다란 뱀이 아래로 기어가듯 구불구불 이어졌다. 골목 끝 하늘 위로 저녁노을이 붉게 퍼져 있다. 소년은 노을 위에 알록달록 피자 토핑을 얹는다. 하늘 가득 토핑을 얹고 나자 배가 더 고프다. 전봇대 아래 쓰레기봉투가 산더미처럼 쌓였다. 도둑 고양이들이 쓰레기봉투를 뜯고 있다. 소년은 고양이 쪽으로 살금살금 다가간다. 찢어진 봉투 틈새로 치킨 조각이 보인다. 소년은 고양이가 물고 있는 치킨 조각을 향해 손을 뻗는다. 나머지 고양이들이 이빨을 드러내고 소년에게 달려든다. 소년은 깜짝 놀라 비명을 지르며 골목 아래로 뛴다. 고양이들이 거칠게 울어 댄다.

소년은 헉헉대며 기린식당 앞에 선다. 유리문 너머 안쪽을 기웃거린다. 세 개뿐인 사인용 탁자마다 손님이 차 있다. 테이블마다 고기를 굽는지 연기가 자욱하다. 소년은 배를 움켜쥐며 습, 소리를 낸다. 며칠 만이지만 손님이 꽉 차서 다행이다. 소년은 출입문을 잡아당긴다. 문이 뻑뻑해서 잘 열리지 않는다. 문을 겨우 연 뒤 고개를 들이밀고 주인아줌마 눈치를 살핀다. 주인아줌마는 쟁반에 담긴 반찬들을 탁자에 내려놓느라 바쁘다. 앞니 하나가 빠진 이빨아저씨가 소년을 발견하고 다가온다.

야 인마, 왜 또 왔어? 그만 좀 와라! 이빨아저씨는 주인도 아니면서 주인처럼 군다. 술이 덜 취한 건지 아직 상태가 양호하다. 소년이 기어 들어가는 소리로 웅얼대자 이빨아저씨가 소리를 지른다. 인마, 니 엄마 이젠 안 온다니까! 주인아줌마가 가라는 듯 손을 휘휘 내젓는다. 소년은 슬그머니 출입문을 닫고 숨어서 안쪽을 엿본다. 주인아줌마가 주방으로 들어간다. 소년은 다람쥐처럼 재빨리 식당을 통과해 주방으로 뛰어간다. 아줌마, 뭐 시킬 거 없어요? 주인아줌마는 당장 가라고 소년의 등을 한차례 때린 뒤 주방 밖으로 밀어 낸다. 아유 골칫덩어리! 요새 손님 없는 거 몰라? 왜 자꾸 찾아와서 귀찮게 굴어? 니 엄마는 이제 절대로 여기 안 온다니까. 소년은 화가 나 소리를 지른다. 우리 엄만 올 거예요. 꼭 온다고 했다고요.

소년은 주인아줌마에게 떠밀리며 배가 고프다고 싹싹 빈다. 아줌마는 한숨을 쉬며 어쩔 수 없이 호일에 싸 둔 주먹밥을 건네며 빨리 갖고 나가라고 짜증을 낸다. 마침 손님이 부르자 아줌마는 식당으로 간다. 소년은 주먹밥을 받아 들고 주방 뒷문으로 빠져나온다. 뒷마당은 사인용 탁자 두 개를 합쳐 놓은 크기여서 마당이라고 하기엔 무색한 공간이다. 소년은 수돗가 옆에 놓인 플라스틱 간이의자에 앉아 호일을 벗기고 주먹밥을 먹는다. 손님들이 남긴 밥과 반찬을 모아 아무렇게나 뭉쳐 놓은 밥이다. 하루에 김밥 한 줄 먹을 수 있었던 급식카드를 아빠에게 뺏긴 뒤론 굶는 날이 많았다. 주인아줌마는 이 개월 전부터 소년이 급식카드를 가져오지 않자 소년이 오는 걸 꺼려 했다. 그러면서도 어쩌다 손님이 남긴 밥이 있으면 챙겨 주었다.

오늘은 식당에 손님이 꽉 차서 다행이다. 주먹밥이라도 얻어먹는 날은 운이 좋은 날이다. 소년은 하루도 거르지 않고 해가 지면 기린식당으로 온다. 아줌마에게 쫓겨나는 날엔 식당 앞에 쭈그리고 앉아 시간을 보낸다. 어쩌다 손님이 많은 날은 슬그머니 안으로 들어가 손님 앞에서 재롱을 부리거나 잔심부름을 한다. 소년이 재롱을 부리면 손님들이 재밌어해서 아줌마는 마지못해 내버려 둔다. 그런 날은 손님들의 고기를 몇 점 얻어먹을 수 있어서 소년은 손님들이 좋아하는 재롱을 맘껏 부리기도 한다. 소년은 배를 채울 수만 있다면 버린 음식이라도 상관없다.

마당은 오줌 지린내와 썩은 음식 냄새가 진동한다. 커다란 고양이 한 마리가 소년의 주변을 어슬렁거리며 위협적으로 울어 댄다. 가난한 동네는 고양이가 유난히 들끓는다며 언젠가 아줌마가 투덜거리던 게 떠오른다. 주인아줌마와 엄마는 매일 이곳에 앉아 배추를 씻고 무를 자르고 파와 양파를 다듬었다. 배추가 담긴 커다란 대야를 들고 엄마가 주방에서 금방이라도 나올 것 같다. 로마야 로마야, 소년은 엄마가 이름을 불러 줄 때마다 머릿속에 로마라는 나라가 펼쳐졌다. 거긴 나라가 아니라 이탈리아의 도시 이름이라고 소년의 엄마가 몇 번 말했지만 아줌마는 언제나 외국의 어떤 나라라고 우겼다. 엄마는 '로마' 하고 소리 내면 마법처럼 궁핍한 현실이 사라지고, 고대의 신비로움과 함께 화려한 꿈이 되살아나는 것이 좋다고 했다. 이제는 소년에게 로마라고 불러 주는 사람이 없다. 사람들에게 소년은 로마가 아닌 꼬마일 뿐이다.

담 위에 있던 고양이가 폴짝 뛰어내려 소년의 주위를 어슬렁거린다. 배가 터질 듯 불룩해서 다른 고양이들보다 두 배는 커 보인다. 소년은 고양이가 밥을 채 가기라도 할까 봐 재빨리 뒤돌아선다. 고양이가 목이 터져라 울어 댄다. 눈에서 푸른 광채가 쏟아진다. 소년은 남은 밥을 억지로 모두 입안에 밀어 넣는다. 고양이가 소년에게 달려든다. 소년은 비명을 지르며 한쪽으로 몸을 피한다. 야 쥐새끼! 거기서 뭐 하냐? 이빨아저씨가 주방에서 나와 바지 지퍼를 내린 뒤 수돗가에 오줌을 갈긴다. 소년은 이빨아저씨가 무섭고 싫다. 아저씨는 썩은 감자 같은 피부에 눈동자는 흐리멍덩해서 정확히 어딜 보고 있는지 불분명하다. 이빨아저씨는 알코올 중독자가 되기 전엔 아내도 있고 직장도 있었다고 했다. 간암 말기 진단을 받은 뒤 아저씨는 직장을 잃고 아내도 떠났다고 했다. 아저씨의 목숨은 두 달 정도 남았다고 했다. 어차피 가는 거 좋아하는 술이나 실컷 마시다 죽겠다고 했다. 낮에는 자잘한 심부름도 곧잘 했지만 밤이 되면 술에 절어 자주 헐크처럼 변했다.

이빨아저씨가 이상한 소리를 내며 웃는다. 소년은 몸을 움츠리고 입안에 남은 밥알을 제대로 씹지도 않은 채 삼킨다. 저번처럼 아저씨가 갑자기 달려들어 이빨로 깨물까 봐 소년은 뒤로 주춤 물러선다. 깨물린 왼쪽 어깨 부위가 아직도 아프다. 아저씨는 술이 취하면 개처럼 변해 소년만 보면 깨물려고 달려든다. 난 신선한 간이 필요하단 말야. 유령처럼 웃으며 겁을 줬다. 물론 아빠처럼 마구 때리는 건 아니지만 무섭기는 마찬가지다. 주방 뒷문에서 새어

나온 빛이 이빨아저씨의 그림자를 길게 늘어뜨린다. 그림자는 마치 살아 있는 생명체처럼 꿈틀거린다. 니 일로 와서 오줌 싸 봐, 스웃 안 와?

소년은 어쩔 수 없이 이빨아저씨 옆으로 간다. 술 냄새가 훅 끼친다. 저 오줌 안 마려워요. 사내가 소년의 뒤통수를 탁 치더니 야, 싫긴 뭐가 싫어. 빨리 싸 보라니까, 하며 뾰족한 턱을 앞으로 쭉 내민다. 소년은 어쩔 수 없이 바지 앞쪽을 내린다. 인마, 남자는 자고로 오줌발이 쎄야 돼. 저기 벽까지 맞혀 볼 테니까 잘 봐. 큰소리치는 것과는 달리 아저씨 오줌은 수도관 근처도 벗어나지 못하고 힘없이 밑으로 흘러내린다. 아저씨는 멀리 싸려고 엉덩이를 흔들며 기를 쓰지만 오줌방울은 여지없이 줄줄 새는 수도꼭지처럼 밑으로 힘없이 떨어져 내린다. 야 빨리 안 싸고 뭐 해! 이 자식이 어른 말을 무시해?

소년은 어쩔 수 없이 오줌을 눈다. 아저씨는 어쭈 이놈 봐라, 쫌 쎈데? 하면서 소년의 고추를 내려다보며 키득거린다. 으휴, 저놈의 화상이! 김치 담그는 데서 왜 자꾸 오줌을 싸냐고. 야, 너까지 거기다 오줌 싸냐? 어이구 이놈의 동네, 온갖 떨거지들이 다 모여들어선, 확 그냥 떴어야 했는데. 에이 누님 왜 또 화가 나서 그러실까. 이쁜 얼굴 다 망가지잖어. 어이구 듣기 싫어! 주인아줌마가 소리를 지른다. 실실 웃는 이빨아저씨의 등을 아줌마가 손바닥으로 세게 때린다. 이빨아저씨는 투덜대며 바지를 올리는 소년의 머리통을 쥐어박는다. 소년이 아얏, 비명을 지른다. 에잇 씨, 짜증을 내며 소년은 생쥐처럼 주방 안으로 도망친다. 이빨아저씨가 욕설을 내뱉자 주인아줌마가 정신 좀 차리라며 어깨를 또다시 찰싹 때린다.

식당 안은 고기 굽는 냄새와 매캐한 연기로 가득하다. 소년은 침을 꿀꺽 삼키며 테이블 사이를 오간다. 작은 눈을 바삐 굴리며 필요한 게 있는지 묻는다. 어이 꼬맹이, 오랜만이다. 소주 한 병 가져와라. 옛썰! 소년은 손을 이마에 붙였다 떼며 잽싸게 냉장고로 뛰어간다. 오호 너 영어 할 줄 아니? 소주 한 병을 꺼내어 손님에게 냉큼 가져다주며, 나 영어 잘해요, 라고 한다. 이 녀석 말하는 거봐라. 니 학교는 다니나? 어허 뭔 소리, 쟤 아직 학교 갈 나이 아닐걸. 소년은 눈을 반짝이며 또박또박 아는 영어를 읊기 시작한다. 헬로, 굿모닝, 알러뷰, 땡큐, 마이 네임 이즈 로마, 스마일, 나 영어 엄청 많이 알아요. 허허 그래? 또 뭐 아는데? 라이언, 타이거, 피그, 앨러펀트, 래빗. 음… 또 스트로베리, 워터멜론, 바나나……. 고 녀석 아주 똘망똘망하네. 어디서 배웠니? 우리 엄마한테요. 숫자도 다 알고, 더하기, 빼기, 그런 것도 할 줄 알아요. 하하하 고 녀석 똘망똘망하니 귀엽네. 꼬마야 그런 거 말고 또 뭐 할 줄 아는데? 노래도 잘하고 춤도 잘 추고, 뭐든지 시키면 다 할 수 있어요.

소년이 입술을 내밀어 웃기는 표정을 짓자 사내들이 웃음을 터트린다. 한 사내가 그럼 노래부터 해 보라고 한다. 에에이 그냥 요? 세상에 공짜는 없다고요. 어라 요 녀석 봐라? 누가 그러디? 어른들이요. 사내들은 다시 웃음을 터트리며 술잔을 들어 건배한다. 그사이 소년은 재빨리 접시에 놓인 식은 고기를 집어 입안에 넣는다. 주인아줌마는 옆 테이블에서 고기를 타지 않게 뒤집고 있다. 소년은 재빨리 테이블을 훑어보며 필요한 게 있나 확인한다. 술병이 비었는지 젓가락이 바닥에 떨어진 건 없는지 빈 그릇은 없는지 살피다 바닥에 떨어진 고기를 주워 입으로 쏙 넣는다. 입안에서 사르르 녹는 고기 맛을 보자 소년은 식욕이 왕성하게 인다.

소년의 눈동자가 바삐 움직인다. 마침 세 사내의 테이블에 빈 물병을 발견하고 새로운 물병으로 바꿔 놓는다. 이 녀석아 여기서 이런 짓 하지 말고 집에 가야지. 엄마한테 혼날라. 괜찮아요. 여기 있으면 엄마가 올 거니까요. 사내들 중 이곳을 가끔 드나드는 안경 낀 사내가, 쟤 엄마 없어, 하고 목소리를 낮춰 말한다. 그때까지 배경처럼 팔짱을 낀 채 조용히 술만 마시던 야전점퍼 차림의 사내가 왜? 라고 묻는다. 뭐 그런 게 있어. 암튼 쟤 엄마가 전엔 여기 주인이었지. 지금 저 여잔 여기 종업원이었고. 두 여자 인생이 뒤바뀐 거지.

모자 쓴 사내가 안경 낀 사내의 말에 혀를 차며 웃었고 야전점 퍼 사내는 술잔을 들어 입안에 털어 넣는다. 소년은 다른 테이블을 한 바퀴 돌아본 뒤 다시 세 사내의 테이블로 온다. 테이블을 치우는 척 소년은 고기 한 점을 재빨리 입에 넣고 또 한 점을 집으려고 한다. 야전점퍼 사내가 소년의 손등을 탁 친다. 인마, 허락도 없이 누가 먹으랬지? 이건 훔쳐 먹는 거나 똑같아. 내가 언제 훔쳐 먹었다고 그래요, 고기가 식어서 뒤집으려고 그런 거라고요. 어쭈, 이 녀석 거짓말이 자연스럽네? 내가 고기 먹었다는 증거 있어요? 아~ 봐요, 입에 없잖아요.

다른 두 명의 사내가 풍선을 빵 터트리듯 웃음을 터트린다. 야전점퍼 사내는 웃지 않는다. 두 사내가 꼬마인데 봐주라고 한다. 어리다고 예외는 없어. 바늘도둑이 소도둑 되는 거 몰라? 혼쭐을 내 줘야 다시는 안 그러지. 야전점퍼 사내가 소년의 어깨를 붙잡는다. 아야, 소년은 비명을 지르며 한 발 뒤로 물러선다. 그러나 야전점퍼 사내의 억센 손가락이 소년의 어깨에 세게 박힌다. 야전점퍼 사내는 무서운 표정으로 소년을 노려본다. 네가 이미 먹어 치웠는데 당연히 증거가 없지. 거짓말하면 벌 받는다는 건 알고 있지? 어이, 애 놀라겠구만. 꼬맹아, 빨리 잘못했다고 빌어. 저 아저씨 왕년에 무서운 사람이었다. 너 잡아갈 수도 있어.

그러나 소년은 전혀 기죽지 않는다. 아빠가 허리띠로 때릴 때의 무서움에 비하면 이 정도쯤이야 아무것도 아니다. 이럴 땐 빌면 오히려 손해다. 아예 큰소리를 치거나 얼렁뚱땅 넘겨 버리면 손님들은 귀엽다며 웃고 넘어간다. 나이가 어려서 좋은 건 어떤 짓을 해도 어른들이 대충 봐준다는 점이다. 애들은 거짓말 같은 거 안 해요. 그리고 증거 없으면 못 잡아가잖아요. 그 정도쯤은 나도 안다고요. 요놈! 어디서 못된 것만 배워 가지고. 어른들은 증거가 없어도 얼마든지 잡아갈 수 있다. 에에이 그짓말! 어허! 잘못했습니다, 다시는 안 그러겠습니다, 하고 빌어야지!

야전점퍼가 소년의 머리를 쥐어박는다. 마침 아줌마가 주방에서 야채가 담긴 접시를 들고 나온다. 소년에게 아직도 안 갔냐고 핀잔을 준다. 소년은 못 들은 척 딴청을 피운다. 야전점퍼가 아줌마에게 소년을 당장 집에 보내라고 한다. 아우 말도 마세요. 아무리 쫓아도 다람쥐처럼 금세 또 오고 또 오고, 내 힘으론 감당 안 되는 애라니까요. 아줌마는 김치전을 내려놓으며 서비스니 기분 풀라고 한다. 그러곤 소년에게 죄송하다고 빌라고 한다. 소년은 고개를 꾸벅할 뿐 죄송하다는 말은 하지 않았다. 테이블마다 고기를 굽느라 좁은 공간이 연기로 자욱하다. 소년은 눈이 따갑고 목이 칼칼하다. 아줌마는 야전점퍼의 눈치를 보다 소년에게 콩나물과 두부 두 모 사 오라며 오천 원을 건넨다. 소년은 재빨리 돈을 받아 들고 출입문 밖으로 사라진다. 손님이 이해하세요. 쟤는 매일 엄마가 여기로 올 거라고 믿는 애예요.

거리로 나오자마자 소년은 이미 어두워진 저녁 공기를 크게 들이마신다. 상점마다 불을 밝혀 좁은 골목은 환하게 빛이 난다. 소년은 계산을 따져 본다. 콩나물과 두부 두 모를 사고 남은 잔돈은 자신의 것이란 걸 떠올리자 히죽히죽 웃는다. 엄마의 생일 케이크를 사려면 아직도 멀었지만 동전 통을 떠올리자 기분이 좋다. 아빠에게 들키면 배를 걸어차이겠지만 엄마가 생일에 돌아오기만 한다면 매일 얻어터져도 상관없었다. 소년은 떡볶이 가게와 떡집과 야채 가게를 지날 때마다 큰 소리로 인사한다. 엄마는 이 골목을 지날 때마다 상점 주인들에게 인사를 시켰다. 인사를 잘해야 큰사람이 된다고 했다. 거인처럼 큰사람이 되면 뭐가 좋은지 모르셌시만 소년은 지나치는 곳마다 인사를 빠트리지 않았다.

저 멀리 유치원이 보인다. 엄마가 있을 때만 해도 소년은 주황색 가방을 메고 매일 저곳에 갔다. 소년은 하늘색과 분홍색이 섞인 유치원 정문을 보며 걷는다. 엄마의 몸에선 언제나 고기 냄새와 신김치 냄새가 풍겼지만 소년은 유치원 갈 때마다 안아 줬던 엄마의 품이 그립다. 소년은 엄마 생각에 주먹을 불끈 쥔다. 엄마를 팰 때마다 아빠가 내뱉던 욕설이 떠올라서다. 엄마는 멍청하지도 병신도 아니다. 소년은 아빠가 엄마를 잘 몰라서 그런 거라고 생각했다. 엄마는 영어도 잘했고 재밌는 이야기도 많이 알았다. 엄마가 만든 버섯전골은 이 동네에서 유명했다. 노래 실력도 좋아서 엄마 노래를 듣고 싶어 찾아오는 손님도 많았다. 노래를 부르다 들키면 아빠는 간도 쓸개도 없는 병신 같은 년이라며 기절할 때까지 팼다.

아빠 말대로 엄마에겐 정말 간도 쓸개도 없는 걸까, 소년은 가끔 궁금했다. 아빠에게 그렇게 얻어맞고도 웃음이 나오냐며 아줌마 역시 엄마에게 간도 쓸개도 없다고 했다. 게다가 아빠가 진 빚 때문에 아줌마에게 식당을 넘기고도 가게에서 계속 일을 하는 엄마에게 동네 사람들 역시 똑같은 말을 했다. 소년은 그때가 가장 싫었다. 아빠가 그때부터 소년을 때리기 시작했으니까. 소년은 자신이 맞는 건 참을 수 있었지만 아빠를 말리다 엄마가 대신 맞는 것이 죽기보다 싫었다. 소년이 아빠에게 매질을 당할 때 말리면 엄마는 평소보다 훨씬 심하게 맞았다. 엄마가 사라진 날도 아빠가 소년을 유난히 많이 때린 날이었다.

유치원을 지나 옷가게와 화장품 가게를 지난다. 아이들이 왁자지껄 떠드는 소리가 들린다. 동네 아이들이 모여 있다. 아이들은 피아노 학원에서 나와 맞은편 미용실로 간다. 핼러윈 분장을 한 아이들 패거리는 우스꽝스럽다. 해골 가면과 스파이더맨이나 배트맨 가면을 쓰고 몸에는 검은 천과 이상한 옷을 뒤집어쓴 채 손에는 호박괴물 통을 들고 있다.

트릭 오어 트릿! 트릭 오어 트릿! 트릭 오어 트릿!

아이들이 소리를 지른다. 미용실 아줌마가 나와 호박괴물 통에 사탕을 나눠 준다. 소년은 재빨리 무리 안에 뛰어든다. 소년의 차례가 왔다. 미용실 아줌마가 넌 왜 통이 없니? 물으며 소년의 손바닥에 사탕 몇 개를 쥐어 준다. 소년은 신이 나서 아이들을 따라간다. 아이들이 다른 곳으로 이동하면서 '트릭 오어 트릿'이라 외치고 소년도 함께 따라 외친다. 아이들이 소년에게 영어학원 회원이 아니라며 무리 밖으로 떠민다. 소년이 억지로 무리에 섞이려 하지만 키가 큰 해골 가면과 배트맨 가면이 소년을 향해 주먹을 치켜든다. 다른 괴물들 역시 소년을 밀치며 무리에서 몰아낸다. 소년은 어쩔 수 없이 무리 밖으로 떠밀린다. 아이들은 다시 큰 소리로 트릭 오어 트릿을 외치며 순댓국집 앞으로 몰려간다. 소년은 화가 나 발로 땅을 걷어찬다.

소년은 슈퍼에서 콩나물과 두부 두 모를 사서 식당으로 돌아온다. 그사이 두 개의 테이블에 있던 손님들은 가고 안쪽 테이블에 새로운 여자 손님 두 명이 앉아 있다. 이빨아저씨는 빈 테이블에 소주 한 병을 두고 앉아 있다. 이미 많이 취했다. 세 명의 사내는 여전히 시끄럽게 떠들며 술을 마신다. 야전점퍼는 두 눈을 가늘게 뜨고 팔짱을 낀 채 두 사내의 대화를 듣고 있다. 그러나 자세히 보면 혼자만의 세계에 빠져 있는 것 같다.

아 요새 나라가 아주 미쳤다니까. 다 같이 죽자는 거지 뭐겠어. 이민이나 확 가 버렸으면 좋겠다. 이민 가면 편할 것 같냐? 어딜 가도 똑같아. 우리나라만 미친 게 아니라 온 세계가 다 미친 거 몰라? 그래도 딴 나라는 적어도 지 새끼들 굶길 정도는 아닐 거 아녀. 그러게 말이지, 죽어라 노력하면 뭐 하냐. 우리 애들 앞날도 훤하다 훤해. 넌 나보단 낫지. 난 제때 월급을 받아 본 적이 없다니까. 에잇, 열 받는데 술이나 마시자.

두 사내가 떠드는 동안 야전점퍼는 뭐가 못마땅한지 인상만 쓰고 있다. 소년은 아줌마에게 물건이 든 봉지를 내밀며 '트릭 오어 트릿'이 뭐냐고 묻는다. 아줌마는 얘가 뭐래, 하며 봉지를 받아 들고 주방으로 가 버린다. 배불뚝이 사내가 소년을 부른다. 너 영어 잘한다더니 그것도 모르니? 아저씨가 알려 줄까? 소년이 고개를 끄덕인다. 그러나 사내는 공짜는 없다며 소년을 놀린다. 소년은 빈 병을 마이크처럼 들고 노래를 부른다.

진실한 사랑은 뭔가 괴로운 눈물 흘렸네 헤어져 간 사람 많았

던 너무나 슬픈 세상이었기에… 미워하는 미워하는 미워하는
마음 없이……:

허허허 요 녀석 봐라, 두 사내는 신통하다며 웃는다. 두 명의
여자 손님이 어린애가 뭐 저런 노래를 부르지, 너무 웃긴다며 박수
를 친다. 아이구 얘가 청승맞게 또 그 노래야! 아줌마가 사내들 사
이를 비집고 앉으며 말한다. 소년은 엄마처럼 약간의 콧소리를 섞
어 가며 노래를 부른다. 손님들이 배를 잡고 웃는다. 소년은 엄마
생각이 나서 조금 슬퍼진다. 눈물이 튀어나올 것 같지만 억지로 참
는다. 노래를 끝내자 한 곡 더 해 보라고 한다. 소년은 답부터 알려
달라고 한다.

인마, 그건 바로 너 같은 애들을 두고 하는 말이야. 에이 그게
답이에요? 나 같은 애들이 뭔데요? 사탕 달라고 징징대는 애들 말
이다. 구걸하는 거 너 알아? 바로 그거지 구걸! 트릭 오어 트릿! 뿔
테안경 사내는 천 원짜리 한 장을 꺼낸다. 옜다, 이렇게 말이다. 뿔
테안경 사내가 소년의 손바닥에 지폐를 쥐어 준다. 소년은 지폐를
한 손에 쥐고 스위치를 켠 로봇처럼 팔다리와 목을 꺾는 춤을 춘
다. 모두 한바탕 와아- 박수를 치며 웃는다. 춤이 끝나자 뿔테안경
사내가 좀 더 쎈 걸 보여 달라고 한다. 소년은 '파인애플 펜' 노래를
부르며 버터 춤인 엉덩이 웨이브 춤을 춘다. 놀이터에서 형들에게

배운 춤이다. 역시나 손님들에겐 이 춤이 인기 짱이다.

옆 테이블 여자 손님들이 앵콜을 외친다. 소년은 엉덩이를 튕기며 두 팔에 웨이브를 넣는다. 문득 이빨아저씨와 눈이 마주친다. 이빨아저씨가 가늘게 뜬 눈으로 소년을 쏘아본다. 소년은 움찔해서 춤을 멈춘다. 배불뚝이 사내가 인마 니 약발이 모자란가 본데, 이거 입만 대 봐라, 하며 술잔을 내민다. 아줌마가 아이고, 미쳤어? 하며 사내의 팔을 때린다. 그런데도 취한 건지 말릴 생각이 별로 없는 건지 아줌마는 큰 소리로 웃으며 말한다.

애 진짜 영재 같아요? 네 살 때부터 노래 부르고 춤도 추고, 지 엄마랑 똑같다니까. 우리 동네 명물이잖아. 뿔테안경 사내가 아줌마의 어깨를 주물러 주는 척하며 슬그머니 허리에 팔을 감는다. 소년이 소주를 한 모금 마시더니 몸을 비틀며 컥컥 기침을 한다. 어린놈의 새끼가 까져 가지고, 저런 썩을 놈의 새끼! 이빨아저씨가 쏘아보며 욕설을 내뱉는다. 모두 웃고 떠드느라 이빨아저씨의 욕설을 듣지 못한다. 그러나 소년의 귀에는 날카롭게 와서 박힌다. 소년은 이빨아저씨의 눈치를 보며 소극적으로 하체를 돌린다. 배불뚝이 사내가 천 원짜리 두 장을 꺼내어 흔든다.

소주잔에 술을 반 정도 채워 소년 앞에 내민다. 약발이 떨어진 거 같으니까 입만 살짝 대고 더 재밌는 걸로 보여 줘 봐. 그럼

이거 두 장 다 줄게. 소년은 잠깐 망설이며 고민한다. 그러다 술잔을 받아 들고 한입에 털어 넣는다. 소년은 불판 위 오징어구이라도 된 듯 온몸을 비틀며 인상을 찌푸린다. 아줌마가 소년의 엉덩이를 때리며 혼낸다. 아이고, 얘가 또 왜 이래? 그러다 일 나면 내가 다 뒤집어쓴단 말야. 두 사내가 재밌다는 듯 허벅지를 때리며 웃는다. 야전점퍼가 에잇! 하며 마시던 술잔을 탁자에 세게 내려놓는다. 이빨아저씨가 소년을 노려보며 쯧쯧거린다. 어느 틈에 여자 손님 두 명이 사내들 쪽으로 의자를 끌어다 합석한다. 사인용 테이블이 꽉 찬다.

여자들과 사내 둘은 식당이 떠나갈 듯 웃고 떠든다. 아줌마는 소란을 틈 타 재빨리 소고기 한 접시를 들고 와 불판 위에 올린다. 주인아줌마가 소년에게 눈을 찡긋한다. 소년은 냉장고로 가 소주 두 병을 꺼내 온다. 몸이 공중으로 떠오른 것처럼 발을 딛는 게 힘겹다. 테이블까지 가는데 위태위태하다. 모두 술이 취해 아무도 신경 쓰지 않는다. 소년의 얼굴은 복숭아처럼 발그레하다. 숨이 차는지 자주 헐떡거렸지만 기분은 놀이기구를 탄 듯 붕 떠 있다. 이빨아저씨와 눈이 마주쳤지만 이제 무섭지 않다. 이빨아저씨는 소년을 쏘아보다가 비틀거리며 주방 쪽으로 간다. 뒷마당으로 나가는 눈치다. 비쩍 마른 몸이 바람에 흔들리는 나뭇가지 같다. 종일 술을 마신 탓에 눈동자가 게슴츠레 풀려 있고 검은 얼굴은 더 검게 변했다. 마치 걸어 다니는 유령 같다.

이 식당에서 일을 도우며 종일 공짜 술을 얻어 마시는 사람은 이빨아저씨 외에도 끊이지 않았다. 그들은 대부분 생활보호대상자였고 정부 보조금을 받아 생활하는 사람들이다. 직업 없이 매일 술에 절어 산다. 이 동네는 그런 사람들 천지다. 소년의 엄마가 가게를 할 때만 해도 이빨아저씨 대신 공주아줌마가 매일 식당에서 살다시피 했다. 폐암 말기였던 공주아줌마는 결국 암이 급속도로 퍼져 병원에 실려 갔지만 삼 일 만에 죽었다. 소년의 엄마는 불쌍한 사람들을 그냥 지나치지 못했다. 그러나 공주아줌마가 죽고나자 사람들은 소년의 엄마가 자꾸 받아 줘서 죽은 거라고 수군댔다. 아줌마는 소년의 엄마가 마음이 너무 약해서 그렇다고 했지만, 지금도 이 식당에는 여전히 그런 사람들이 끊이지 않는다.

식당 안은 시장바닥처럼 소란스럽다. 아줌마는 소년이 마이클 잭슨처럼 뒤로 가는 춤이 하이라이트라며 바람을 잡는다. 소년은 허리춤을 잡고 폼을 잡은 채 가만히 멈춰 있다. 뿔테안경이 어린게 돈을 너무 밝힌다며 천 원짜리 한 장을 소년의 바지 주머니에 밀어 넣으며 빨리 춤이나 추라고 한다. 두 여자들이 서로의 어깨를 치며 웃는다. 소년은 주머니의 지폐를 만져 본 뒤 만족스러운 표정

으로 문 워크를 시작한다. 천재 났네, 영재네, 명물이네, 개그맨 뺨
치네, 한마디씩 뱉으며 배를 잡고 웃는다.

배불뚝이 사내가 취한 목소리로 소년에게 입만 대 보라며 또
다시 술잔을 내민다. 소년의 얼굴은 이미 빨갛게 익은 토마토가 되
었다. 소년이 잔을 받아 음료수라도 마시듯 홀짝 들이켠다. 아무도
소년을 제지하지 않는다. 와자지껄 시끄러운 틈에서 세상 온갖 고
뇌를 다 끌어안고 사는 듯 인상을 찌푸리고 있던 야전점퍼가 그제
야 눈을 번쩍 뜨고 소년의 손에서 잔을 뺏는다. 그러나 이미 술은
소년의 목으로 넘어간 뒤다. 어린애가 술 마시는 건 첨 본다며 여
자 손님들은 걱정된다면서도 깔깔깔 소리 내어 웃는다.

소년이 비틀거리며 문어처럼 흐느적흐느적 춤을 추는 동안 주
인아줌마는 새로운 고기를 가져온다. 재빨리 불판에 고기를 올리
고 이미 익은 고기는 앞 접시에 옮기거나 사내들 입에 밀어 넣는
다. 소년은 앞 접시에 담긴 고기를 집어 볼이 빵빵해지도록 입에
밀어 넣는다. 사내들은 여자 손님들과 장난을 치느라 바쁘다. 야전
점퍼만 못마땅한 듯 계속 술잔을 비우고 있다. 소년은 쓰러질 듯
비틀거리면서도 계속 춤을 춘다. 이빨아저씨가 주방에서 나온다.
손에 칼이 들려 있다. 소년은 놀라 주인아줌마 뒤로 숨는다. 빠진
앞니 때문에 오늘따라 더 괴물처럼 보인다. 이빨아저씨는 소년이

식당에 올 때마다 주인아줌마 몰래 괴롭혀 왔다.

쥐새끼 같은 놈! 어린놈의 새끼가 벌써부터 그렇게 살면 못 써. 남의 밥그릇 가로채는 약아빠진 새끼! 너 이리 와 봐! 이빨아저 씨가 칼을 들고 소년을 향해 다가온다. 그러나 금방이라도 넘어질 것처럼 휘청거린다. 마치 유령처럼 눈동자에 초점이 없다. 주인아 줌마가 소리를 지르며 이빨아저씨의 팔을 붙잡는다. 한참 시끄럽 게 웃고 떠들던 손님들이 비명을 지르며 칼을 피한다. 이빨아저씨 는 주인아줌마 뒤로 숨은 소년을 붙잡으려고 손을 뻗는다. 소년은 재빨리 테이블과 테이블 사이로 도망간다. 이빨아저씨도 비틀거리 며 소년을 쫓는다. 야, 너 죽는다 이리 못 와! 소년을 향해 칼을 휘 두른다. 그 순간 야전점퍼가 벌떡 일어나 칼을 쥔 이빨아저씨의 팔 을 붙잡는다. 이빨아저씨 손아귀에 쥔 칼을 빼앗아 탁자 위에 내 려놓는다. 아줌마가 재빨리 칼을 주방으로 가져간다.

이게 무슨 짓입니까. 술이나 한잔합시다. 썩은 가지처럼 가느 다란 이빨아저씨 팔은 근육이 탄탄한 야전점퍼의 손아귀에 잡혀 허우적거린다. 애새끼가 천하에 못된 짓을 하는데도 내버려 둔단 말이요? 예, 압니다. 그런데 우리가 뭘 어쩌겠습니까? 술이나 마셔 야지. 에잇, 팔은 잡지 마쇼. 이빨아저씨는 팔을 휘휘 내저으며 소 리를 지른다. 난 곧 죽을 사람이라고. 어차피 가져갈 것도 없어. 죽기 전이라도 조용히 지내다 가겠다는데, 당신들은 뭐가 그렇게 재밌어? 사는 게 그렇게 재밌어? 당신들은 영원할 줄 알아? 허허 이 사람 많이 취했구먼. 자자, 내 술이나 한잔 받으소. 이빨아저씨는 야전점퍼가 내미는 잔을 탁 쳐 낸다. 술잔이 야전점퍼의 가슴에 맞으면서 얼굴로 술이 튄다. 여자들이 놀라 소리를 지른다. 야전점퍼는 벽에 걸린 화장지를 뜯어 얼굴에 묻은 술을 닦는다. 동료 사내들이 쩔쩔매며 야전점퍼를 달랜다. 야전점퍼가 몸을 일으키며 탁자를 치자 쌓아 둔 공병이 바닥으로 와르르 떨어지며 깨진다. 여자들은 비명을 지르고 술이 취한 두 사내는 비틀대면서 웃는다.

어이 형씨, 그냥 술이나 마시자니까! 야전점퍼가 화난 목소리로 말한다. 이빨아저씨가 욕설을 내뱉는다. 아줌마가 황급히 이빨아저씨의 팔을 끌다시피 밖으로 데리고 나간다. 이빨아저씨는 힘없이 아줌마의 팔에 끌려가면서도 계속 욕설을 퍼붓는다. 야전점퍼는 빈 잔에 술을 채워 입에 털어 넣는다. 나머지 사람들은 재빨리 분위기를 바꾸려고 다시 큰 소리로 떠든다. 이 동네에서 이런 상황은 해프닝처럼 자주 생기는 일이라 다들 심각하게 생각하지 않는다. 빨간 옷을 입은 여자가 생각났다는 듯 꼬마야, 너 노래 잘하던데 한 곡 더 불러 봐, 라고 한다. 옆 테이블 의자에 앉아서 헤실헤실 웃고 있던 소년이 자동인형처럼 일어나 노래를 부른다.

미워하는 미워하는 마음 없이 아낌 없이 아낌 없이 사랑을 주기만 할 때 백만 송이 백만 송이 꽃은 피고 그립고 아름다운 내 별나라로 갈 수 있다네.

그거 말고 요즘 노랜 모르니? 뚱뚱한 여자가 타박하자, 밖에서 들어오던 아줌마가 대답한다. 쟤 엄마가 주구장창 그 노래를 불러서 쟨 그거밖에 몰라요. 애 엄마는 어디 갔느냐고 뚱뚱한 여자가 묻는다. 아줌마는 빗자루로 깨진 술병들을 쓸다 집게손가락으로 공중을 가리키며 몇 개월 안 됐다고 말한다.

여자 손님들은 고개를 끄덕이며 혀를 찬다. 뿔테안경 사내가 소년에게 남자는 자고로 고추가 커야 크게 된다며 소년에게 고추를 보여 달라고 한다. 아씨, 왜 그래요. 소년은 몸을 꼰다. 뿔테안경 사내는 이번에도 주겠다고 한다. 어린애 뭐 볼 게 있다고 그러느냐며 배불뚝이 사내가 술이나 마시자고 한다. 두 여자 손님은 어깨를 들썩일 정도로 웃었고, 뿔테안경 사내는 소년에게 추근거리며 또다시 자신의 술잔을 내민다.

트릭 오어 트릿! 트릭 오어 트릿! 트릭 오어 트릿!

소년이 크게 소리친다. 무슨 소리냐고 묻는 뚱뚱한 여자에게 배불뚝이 사내가 말한다. 어린 게 벌써 돈맛을 알았구먼. 돈 달라잖아. 뚱뚱한 여자가 점퍼 주머니에서 지폐 한 장을 꺼낸다. 푸른색 지폐를 본 소년의 눈이 갑자기 동그랗게 커진다. 소년은 재빨리 지폐를 낚아채 주머니에 넣은 뒤 바지를 내리고 고추를 보여 준다. 두 여자가 손뼉을 치며 요란하게 웃는다. 소년은 어지럽고 속이 울렁거린다. 눈을 크게 떠도 눈꺼풀이 자꾸만 무겁게 가라앉는다.

소년은 파도 위에 떠 있는 것처럼 몸이 출렁거린다. 숨이 차올라 헉헉거린다. 오늘은 돈이 많이 생겨서 아빠가 때리지 않을까. 아냐아냐. 엄마 생일 케이크를 최고로 좋은 걸로 사야지. 소년은 자꾸만 웃음이 튀어나온다. 그런데도 눈꺼풀은 자꾸만 감긴다. 소년은 물 밖으로 내던져진 물고기처럼 할딱거린다. 그 모습을 보고 손님들이 박수를 치거나 자신의 허벅지를 때리며 숨넘어갈 듯 웃는다. 인상을 쓴 채 술만 마시던 야전점퍼가 벌떡 일어선다. 야전점퍼는 에잇 씨팔, 하더니 앞에 놓인 술을 병째 들어 꿀꺽꿀꺽 들이켠다. 소년에게 당장 바지 입고 집에 가라고 소리를 지른 뒤 밖으로 나가 버린다. 저 새끼 오늘따라 왜 저래? 뿔테안경 사내가 투덜댄다.

소년이 뚱뚱한 여자 쪽으로 스르륵 쓰러진다. 바지가 발목까지 내려가 있다. 어머 얘 몸이 왜 이래? 뚱뚱한 여자가 소리를 질렀지만 모두 비틀대며 웃었다. 소년의 엉덩이와 허벅지에 붉고 푸른 멍이 가득하다. 아줌마가 오더니 얘 아빠가 매일 애를 잡잖아, 하면서 소년을 안는다. 벽 쪽 기다란 간이의자에 눕히고 바지를 입힌다. 소년은 자신이 잠든 건지 깨어 있는지 구분이 가지 않는다. 지폐가 든 바지 주머니를 꽉 쥐고 웃는다. 뿌듯하고 기쁘다. 두 사내가 다 같이 노래방이나 가자고 한다. 아줌마가 소년의 몸을 흔들어 보지만 소년은 꼼짝도 하지 않는다. 소년의 얼굴이 하얗게 질려 있다. 그냥 자게 내버려 두자며 불을 끄고 와자지껄 몰려 나간다.

식당 안은 어둠과 함께 차가운 정적이 찾아온다. 어둠 속에서 소년은 몸을 반쯤 일으켜 마구 토한다. 가슴이 답답한지 토하면서 한 손으로 가슴을 두드린다. 뒷마당으로 몰려든 바람이 우웅우웅 소리를 낸다. 고양이 몇 마리가 숨넘어갈 듯 자지러지게 울어댄다. 한참 토하던 소년은 바닥에 쓰러져 잠이 든다. 트릭 오어 트릿! 소년은 잠꼬대를 한다. 그러다 손을 들어 올리며 엄마를 몇 번부르다 손을 아래로 스르륵 떨어뜨린다. 한밤중이 지났지만 아무도 돌아오지 않는다. 거세진 바람이 뒷마당을 휘돌며 불길한 소리를 내더니 갑자기 빗줄기가 쏟아진다. 소년은 새우처럼 몸을 둥글게 말고 있다. 식당 문이 열리고 검은 그림자 하나가 들어온다. 그림자는 비틀거리면서도 익숙한 걸음걸이로 탁자 사이를 지나 잠든 소년 앞에 멈춰 선다. 그림자의 몸에서 빗물이 뚝뚝 떨어진다. ■

달콤한 휴일

달콤한 휴일

여자는 남편의 상의를 벗긴다. 밀가루처럼 창백한 피부가 드러난다. 목에 잡힌 주름은 검은 펜으로 죽죽 그어 놓은 듯 때가 까맣게 껴 있다. 남편의 몸에서 썩은 냄새가 풍긴다. 허공으로 치켜뜬 눈동자는 어떠한 감정도 담겨 있지 않다. 움직임이 없는 눈동자는 마네킹의 눈처럼 섬뜩하다. 벌어진 입안에 꽂힌 호스 투입구에서 벌레라도 기어 나올 것 같다. 여자는 물이 담긴 대야에 수건을 적셔 물기를 짠 뒤 남편의 얼굴을 꼼꼼하게 닦아 낸 뒤 하체에 덮인 이불을 걷어 낸다. 쪼그라든 성기가 왼쪽으로 볼품없이 기울어 있다. 성기 끝에 꽂힌 링거 선을 타고 누런 액이 방울방울 떨어진다. 남편은 강제 퇴원을 당한 뒤 치료가

중단되자 증상이 급속도로 악화됐다. 그나마 움직이던 목조차 이 제는 마비되었다. 분유만으로 보름 가까이 버티고 있다는 게 도무 지 믿기지 않는다.

더러워진 수건을 물에 헹군 뒤 팔과 겨드랑이를 닦아 낸다. 배꼽은 검은 때가 끼어 작은 구멍이라도 뚫린 것 같다. 불거진 양쪽 골반뼈 중앙으로 거웃이 검게 퍼져 있다. 모든 기능이 마비됐는데도 거웃만큼은 질긴 잡초처럼 무성하다. 거웃이 영양분을 모조리 흡수한 것 같아 소름이 돋는다. 거웃 사이로 늘어진 성기가 안쓰럽다. 사고가 나기 전에도 남편의 성기는 제 역할을 멈춘 지 오래였다. 썩은 나무뿌리를 만지듯 여자는 남편의 성기를 잡고 성기 주변과 사타구니를 꼼꼼하게 닦아 낸다. 지독한 냄새에 여자는 눈살을 찌푸린다. 냄새는 사타구니를 따라 엉덩이와 등 쪽으로 퍼진 짓무른 살 때문이다. 사타구니 아래 짓무른 살이 해파리처럼 흐물거린다.

남편의 발가락 사이를 꼼꼼히 문질러 묵은 때를 닦아 낸다. 레고를 맞추며 텔레비전을 보던 아이가 케이크는 언제 사러 가냐고 여자의 옷을 잡아당기며 자꾸 귀찮게 한다. 아이는 여자에게 계속 말을 걸고 싶어 한다. 그런 아이가 안쓰럽다가도 오르내리는 감정 탓에 울컥 짜증이 인다. 여자는 젖은 손으로 아이의 등을 때리며 저리 가라고 소리를 지른다. 시무룩해진 아이는 한쪽 구석으로 기어간다. 다시 레고를 맞추며 여자의 눈치를 살핀다. 몇 개월 사이 여자와 아이는 멀리뛰기로 세월의 폭을 한껏 건너뛴 듯 그늘이 짙다. 아이가 풀 죽은 소리로 묻는다. 한강은 언제 가요?

여자는 아이의 얼굴을 쳐다보며 말한다.

아빠 먼저 씻겨 주고 우리도 씻고 가야지.

여자는 대야를 한쪽으로 치우고 새로운 이불을 꺼내 남편의 몸 위로 덮어 준다. 남편의 표정이 개운해 보인다. 모든 기능이 마비됐더라도 감정만큼은 살아 있을 것만 같다.

벽 쪽에 분유통과 그릇이 놓여 있다. 죽 대용으로 분유를 택한 건 여자였다. 며칠 전부터 남편은 죽을 넘기지 못했다. 분유는 어쩔 수 없는 선택이었다. 남편의 식사와 배설을 아이가 감당한다는 건 불가능이었다. 티브이에서 앵커가 앵무새처럼 떠든다. 세상은 스스로 목숨을 끊는 사람들과 누군가에게 죽임을 당하는 사람들로 넘쳤다. 여자는 티브이를 보며 잠시 생각에 빠진다. 목숨이란 무엇일까. 남편의 목숨은 이미 다했다고 봐도 무방할까. '생명'이 자연의 법칙에 따른 초월의 영역이라면 '목숨'이란 보다 개인적이고 주체적이어서 '삶의 의지'를 포함한다. 남편은 자의든 타의든 삶의 의지를 놓아 버린 상태다. 더 이상 삶의 의지를 만들 가능성은 제로다. 여자는 한곳에 지루하게 멈춰 있는 남편의 동공을 내려다본다. 주체적 삶의 의지를 잃어버린 것과 목숨이 다했다는 것을 동일한 형태로 본다면 여자는 현재 자신의 상태 역시 남편과 다를 바 없다고 생각한다.

종종 악몽을 꿀 때 꿈속에서 꿈을 인지할 때가 있다. 그럴 때 악몽에서 빠져나오기 위해선 의식적인 노력이 필요하다. 그래야만 악몽을 끝낼 수 있다. 여자는 문득 끔찍한 악몽을 이쯤에서 끝내고 싶다. 하지만 막상 실행하려니 두렵다. 무엇보다 토네이도 크기만큼의 불운이 한꺼번에 몰아닥치는 불가항력적 공포는 스스로 극복할 수 있는 일이 아니다. 여자는 그처럼 압도적이고 거대한 공포란 보이지 않는 어떤 힘에 의한 것이라 여긴다. 여자는 아이를 쳐다보며 한숨을 크게 몰아쉰다. 결국 선택지는 하나뿐인가. 아이가 채널을 바꾼다. 여자는 대야를 들고 욕실로 간다. 더러워진 물을 시멘트 바닥으로 쏟아붓는다. 대야의 밑바닥에 흙 찌꺼기처럼 까만 때가 가라앉아 있다. 몸이 쇳덩이로 누르는 것처럼 무겁다. 사채업자 권 실장의 노예처럼 투잡을 시작한 뒤 처음 맞는 휴일이다.

권 실장의 호출을 받은 건 3개월 전이다. 그날은 식당에 손님이 끊이지 않아 몸살이 심하게 났었다. 여자는 권 실장이 만든 스케줄에 따라 움직이는 기계가 되었다. 식당 일이 끝나자마자 권 실장이 운영한다는 단란주점으로 끌려갔다. 악랄한 사채업자의 전형적 수순이 여지없이 여자에게도 적용되었다. 단란주점의 손님을 상대하는 일까지 해야 했다. 종일 쉴 틈 없이 식당 일만으로도 힘겨웠다. 그러나 여자에겐 매일 아이를 혼자 방치할 수밖에 없는 것이 더 고통스러웠다. 여자는 개인의 시간을 모두 강탈하는 것이야말로 가장 야만적이라 생각했다. 하지만 개인의 공간까지 강탈당하는 것은 완전한 파멸을 의미했다. 권 실장은 여자의 집을 맘대로 드나들었다.

애는 안 돼요! 당신은 가족 없어요? 애는 절대 안 돼요!

뉴스나 주변에서 흔히 일어나는 일인 건 분명했지만 또한 아무에게나 일어날 수 있는 일은 아니었다. 여자는 가느다란 끈을 붙잡으려 안간힘을 쓴다는 것이 스스로 올가미를 뒤집어쓴 꼴이었다. 남편이 일했던 택배회사와의 싸움 역시 아이와 살아보기 위한 몸부림이었다. 며칠 전 식당 일을 마치고 잠깐 집에 들렀을 때 권 실장이 찾아왔다. 그의 부하 손 차장은 서류를 밥상 위에 펼쳐 놓은 채 여자의 팔을 붙잡고 붉은 인주 위로 엄지손가락 끝을 세게 눌렀다. 여자는 남은 손으로 옆에 있는 물병을 들어 권 실장 얼굴을 향해 던졌다.

내 아이는 안 된다고!! 이 악마!

권 실장은 손수건으로 얼굴과 상의에 묻은 물기를 닦으며 차갑게 내뱉었다.

아무한테나 악마가 되는 건 아니지.

그러곤 티브이를 켜 놓은 채 눈치를 보며 서 있는 아이를 불렀다.

너 이름 뭐야!

아이는 울음을 터트렸고 권 실장은 큰 소리로 웃었다.

아이를 불러 만세를 시킨 뒤 셔츠와 바지와 팬티를 차례로 벗긴다. 아이를 욕실로 들어가게 한 뒤 여자도 옷을 벗는다. 열한 살이면 엄마와 목욕하는 걸 부끄러워할 나이이다. 하지만 아이는 아직도 엄마와 목욕하는 걸 좋아한다. 가스가 끊겨 온수가 나오지 않아 물이 차다. 시멘트를 마구 덧칠한 벽과 바닥 모서리에 검은 곰팡이가 이끼처럼 피어 있다. 아이의 머리를 감기고 몸에 비누칠을 해 준 뒤 여자도 머리를 감는다. 비눗방울 놀이를 하며 아이가 장난을 친다. 여자는 목으로 솟구치는 울음을 꿀꺽 삼킨다. 아이가 거품을 한 주먹 만들어 턱에 바르고 산타 할아버지처럼 허허허, 웃는다. 여자는 면도할 때마다 아이에게 장난치던 남편을 떠올린다. 문득 남편의 뇌 어느 한 부분에 아이와의 기억이 조금이라도 차지하고 있을지 궁금하다.

아이의 얼굴과 가느다란 어깨선과 척추를 따라 엉덩이와 다리에 물을 뿌린다. 아기였을 때가 떠오른다. 막 태어났을 땐 손가락 사이로 쏙 빠져 버릴 만큼 작아서 안아 주는 것도 두려웠던 아이. 새싹처럼 여리던 아이가 이만큼 커 버린 것이 믿어지지 않는다. 아이가 여자의 배를 보며 말한다.

짱구 엄마는 오겹살인데, 엄마 배엔 수박이 들었나, 우와 만져 봐도 돼요?

당황한 여자가 배를 만지지 못하게 아이의 손을 꽉 붙잡는다. 그러곤 샤워기의 물살을 아이의 머리에 대고 마구 뿌린다. 아이는 꺄악 소리를 지르며 장난을 친다.

엄마, 근데 오늘 진짜 한강 가는 거예요? 자전거 탈 수 있어요?

당연하지, 아들 생일인데 하고 싶은 거 다 해 줘야지. 와아, 신난다. 빨리 가고 싶어요.

욕실에서 나간 아이가 문 앞에 서서 고추를 내밀어 짱구처럼 코끼리 춤을 춘다. 여자는 타월로 젖은 몸의 물기를 닦아 내며 아이를 바라본다. 코끼리 미니어처처럼 아이의 고추 모양이 귀여워 슬그머니 웃음이 나온다. 엄마가 처음으로 웃었다며 아이가 폴짝거린다. 이번엔 아빠 쪽을 향해 고추를 내밀고 아까보다 더욱 신이 난 듯 코끼리 춤을 춘다. 남편의 눈동자는 한곳을 향해 지루하게 고정되어 있다. 여자는 아이의 몸을 당겨 물기를 닦아 낸 뒤 새 옷을 건네며 갈아입으라고 한다.

남편은 사고가 나기 직전 여자와 아이를 불러냈다. 얼굴을 마주한 건 오 일 만이었다. 숯불 위의 고기가 지글거리며 노릇하게 익었다. 여자는 식욕이 당겼지만 꾹 참았다. 등심 일 인분 가격이면 일주일 치 반찬값이었다. 고기는 구워지기 바쁘게 아이의 입으로 모두 들어갔다. 남편은 시간을 쪼개어 잠깐 들렀다고 했다. 남편은 운전을 해야 해서 여자의 잔에만 소주를 따라 준 뒤 아이에게 고기를 계속 먹여 주었다. 숯불에서 피어오른 연기가 남편의 얼굴로 훅 끼쳤다. 미간을 찡그린 남편의 눈가에 물기가 번질거리는 것이 보였다. 매캐한 연기 탓이라 여기면서도 여자는 가슴이 덜컥 내려앉았다.

미안해. 이제 공부 따윈 미련 없어. 트럭 살 때 낸 빚만 정리되면 당신도 식당 일 그만둬. 내가 더 열심히 일할게.

남편의 몸에선 유난히 쓸쓸한 빛이 감돌았다. 여자는 매운 고추를 먹은 듯 코끝이 아렸다. 남편은 힘없이 웃으며 마지막 고기를 아이의 입에 넣어 주었다. 밀린 배송을 끝내면 오늘은 집에 갈 수 있다고 했다. 며칠째 옷을 갈아입지 못해서 잠깐이라도 들르겠다고 했다. 남편이 급하게 서두른 탓에 여자는 둘째 아이를 가졌다는 말을 차마 할 수 없었다. 남편이 모는 흰색 트럭이 모퉁이로 사라질 때까지 여자는 몸을 돌리지 못했다. 남편은 오 일 동안 잠도 제대로 못 잔 채 일을 했다고 했다. 배송해야 할 택배 물량은 넘쳤고 인력은 턱없이 모자라 밤낮으로 일을 해도 끝이 없었다고 했다. 매일 한두 시간 정도 토막잠으로 버티는 눈치였다.

여자는 가방에서 약봉투를 꺼내어 싱크대 상단 서랍에 놓아 둔 뒤 외출 준비를 서두른다. 뱃속의 아이가 희미하게 발길질을 한다. 여자는 침을 꿀꺽 삼킨 뒤 입술을 세게 깨문다. 오랜만에 깨끗하게 정돈된 방 안을 둘러본다. 핸드폰이 울리고 손 차장의 번호가 뜬다. 내일 임신중절수술을 예약해 둔 산부인과 병원과 약속 시간을 일러 준다. 여자는 짧게 대답한 뒤 전화를 끊는다. 아이는 늘 엄마의 손길에 굶주렸다. 남편이 강제 퇴원을 당한 뒤부턴 어쩔 수 없이 아이에게 남편의 간호를 맡겼다. 남편은 얼마 전부터 폐에 가래가 끓기 시작했고, 등과 엉덩이에는 욕창이 생겼다. 여자가 택할 수 있는 건 많았지만 실행할 수 있는 건 둘 중 하나였다. 거부하거나 순응하거나. 여자는 남편을 앗아간 남편의 친구와 택배회사, 그리고 권 실장을 떠올릴 때마다 피가 역류했다.

여자는 언젠가 다큐 프로에서 보았던 칸디루가 떠오른다. 흡혈 메기과로 비늘이 없고 투명하게 생긴 칸디루는 생김새부터 끔찍했다. 다른 물고기의 아가미에 기생하여 물고기의 피와 살을 뜯어 먹으며 산다고 했다. 여자는 칸디루의 습성에 기가 질렸다. 특히 암모니아에 민감해서 소변을 보는 사람의 요도로 순식간에 침투해 협착한 뒤 안에서 피와 살을 뜯어 먹으며 몸집을 부풀린다고 했다. 여자는 마치 칸디루가 남편의 몸에 침투해서 피를 흡입하고 살을 뜯어 먹으며 점점 거대하게 자라 남편의 몸을 모조리 삼킬 것 같다. 여자는 병원비 때문에 권 실장에게 사채를 쓰기 시작했지만 권 실장이야말로 가장 잔인하고 끔찍한 칸디루라는 생각이 든다.

여자는 옷을 갈아입다 말고 장롱 구석에 처박힌 스케치 노트를 꺼낸다. 스케치 노트에 새겨진 한자를 가만히 들여다본다. '休' 자유롭게 휘갈긴 필체다. 남자가 나무에 기대고 앉아 있다. '休'는 편안한 상태를 뜻하지만 그림 속 남자는 깊은 고뇌에 빠진 듯 표정이 어둡다. 바람이 부는지 남자의 머리카락과 나뭇잎들이 한쪽 방향으로 몰려 있다. 색채와 빛의 느낌이 쓸쓸하다. 일 년 전 여자가 그려 준 남편의 모습이다. 남편은 나무 아래 앉아 깊은 생각에 잠겨 있었다. 어쩌면 친구의 제안을 심각하게 고민하고 있었을 것이다. 남편은 가끔 여자와 아이를 데리고 한강변에 나가는 것을 좋아했다. 한강변에 앉아 있으면 마치 거실 벽에 걸린 그랑자트 섬 안으로 들어가 있는 느낌이라고 했다. 남편은 지금 지나치게 긴 '休'에 빠져 있다. 여자는 스케치 노트를 거칠게 구긴 뒤 휴지통 안에 처박는다.

　일요일 오후, 한강변에는 사람들로 북적거린다. 여자는 강에서 가까운 잔디밭에 앉아 흐르는 강물 쪽에 시선을 둔다. 여자의 근처에는 배드민턴을 치는 사람들과 풀밭 돗자리 위에 누워 휴식을 즐기는 사람들, 애완견을 산책시키는 사람들과 뛰어다니는 아이들을 뒤쫓는 사람들. 저들에게도 삶의 고통이 존재할까. 여자의 눈에 비치는 사람들의 모습은 그림 속 풍경처럼 그저 평화로워 보인다. 저들의 눈에 여자 역시 배경에 불과할 것이다. 멀리서 보면 세상은 모든 것이 아름답게 보이는 이치와 같다. 연을 날리며 실을 감았다 푸는 남자가 보인다. 여자는 남편을 떠올린다. 어렵게 자란 남편은 늦은 나이에 공부를 시작했고, 석사과정까지 힘겹게 마쳤다. 박사학위에 이어 교수가 될 때까지 공부를 이어 가고 싶어 했다. 그러나 남편의 계획이 하늘로 날아오르는 연처럼 술술 풀릴 수 없는 건 당연했다. 준비되지 않은 인생에서의 계획이란 수시로 어기는 약속과도 같았다. 끝없이 깨지는 약속일지라도 남편은 끈을 놓지 못하고 빈 허공을 향해 연을 띄우는 것을 멈추지 못했을 것이다.

　남편은 자주 거실 벽에 걸린 쇠라의 그림 앞에서 넋을 잃고 서 있었다. 점점이 찍힌 고통의 흔적들이 평화로운 휴일로 승화된 것이 볼수록 감동적이라고 했다. 남편은 어쩌면 헤어날 수 없는 현실과 이상 사이의 피로감에서 벗어나고 싶었을지 모른다. 여자는 깨어나지 못하는 남편을 볼 때마다 그토록 동경하던 그랑자트 섬 안으로 남편이 아예 숨어 버린 건 아닐까 의문이 들었다. 여자는 주변을 둘러본다. 겉으로 보이는 평화는 언제 깰지 모르는 달콤한 꿈처럼 아슬아슬해 보인다. 날카로운 햇빛이 여자의 눈을 파고든다. 모든 식물은 적당한 물과 광합성만으로도 뿌리를 내리고 푸른 잎을 피워 낸다. 그러나 남편은 이제 더 이상 잎을 피워 내지 못하고 뿌리마저 말라 가는 식물이 되었다.

아이가 자전거를 타고 사라진 지 꽤 오랜 시간이 흘렀다. 여자는 불안한 마음으로 자전거 도로를 살핀다. 아이의 생일을 함께 보낼 수 있게 된 건 다행이다. 권 실장이 일본으로 골프 여행을 떠나며 손 차장에게 여자의 중절수술을 맡긴 탓에 가능한 일이다. 여자의 임신을 가만히 두고 볼 권 실장이 아니다. 여자는 파산신청을 내고 권 실장을 불법 사채와 초과 이자 제한법으로 고소도 하고, 갖은 방법을 동원하여 그의 올가미를 벗어나려 했지만 소용없었다. 그럴수록 권 실장의 올가미는 더욱 견고해질 뿐이었다. 강자 앞에서 약자가 취할 수 있는 것들은 너무도 한정적이고 무력했다. 여자는 오늘이 권 실장의 올가미에서 벗어날 마지막 기회라고 생각한다. 그동안 꾸준히 모아 둔 흰 알약들은 저 너머의 세계로 가는 문을 열어 줄 열쇠가 될 것이다.

핸드폰이 울린다. 여자는 깜짝 놀라 전화를 받는다. 처음 듣는 사내의 목소리다. 끓고 있는 물주전자 뚜껑처럼 상대는 격앙된 목소리다. 여자는 사내의 입에서 아이의 이름이 튀어나오자 후드득 정신이 든다. 사내의 말을 종합해 보면, 아이가 사고를 냈고 자신은 팔이 부러졌으며 자전거도 부서졌다고 한다. 여자는 처음에 잘못 걸려온 전화라 착각한다. 사내는 여자가 뭐라고 말할 틈을 주지 않고 소리를 지른다. 여자는 사내에게 많이 다쳤냐고 물었지만 사내는 다짜고짜 화만 낸다. 여자는 아이가 다치지 않았는지 묻는다. 사내는 아이의 상태에 대해선 함구한 채 자신이 다친 것과 부서진 자전거가 고가라는 것만 거듭 강조한다. 여자는 사내에게 아이를 바꿔 달라고 한다. 사내는 애고 뭐고 당장 오지 않으면 가만두지 않겠단다. 여자는 너무 놀라 몸이 부들부들 떨렸지만 아이부터 확인시켜 달라고 한다. 아이가 다친 건 아닐까 조바심이 일어 입안이 바짝바짝 마른다.

엄마아-, 아이는 울먹이며 전화를 받는다.

율아, 괜찮니? 다친 데 없어? 아저씨가 혼냈어? 많이 놀랐지? 거긴 어디야? 너 대체 어디까지 간 거야? 다른 사람들은! 주변에 다른 사람들 없어? 그 아저씨, 혹시 이상한 사람 같지 않아?

여자는 정신없이 질문을 쏟아 낸다. 아이는 울면서 다친 데는 없다고 웅얼거린다. 여자는 그제야 안도의 숨을 몰아쉬며 차분하게 또박또박 말한다.

율아, 지금 엄마가 갈 거야. 그러니까 걱정하지 마. 그 자리에 꼼짝 말고 가만히 있어. 엄마가 갈 때까지 절대 움직이지 말고 그자리에 있어야 해. 알았지? 응? 왜 대답이 없어? 그 자리에 꼼짝 말고 있어야 한다고. 절대로 움직이면 안 돼!

갑자기 전화가 뚝 끊긴다.

여자는 어쩔 줄 몰라 망설인다. 한강변 잔디밭과 물가에는 사람들로 붐비지만 모두 닿을 수 없는 딴 세계의 사람들처럼 멀다. 여자는 주위를 둘러본다. 가슴이 뛰고 손이 부들부들 떨린다. 여자는 무심코 남편의 번호를 누르다 말고 한숨을 쉰다. 습관처럼 아직도 남편의 자리를 기대하고 있다니. 멀리서 불어오는 바람이 가슴 한복판을 가로지른 듯 휑하다. 여자는 이리저리 뛰어다니다 알림 팻말을 발견한다. 팻말에 적힌 전화번호를 눌러 지구대를 찾는다. 전화를 받은 상대가 여자의 위치를 묻는다. 여자가 위치를 설명하며 사정 애기를 하자 자기네 소속이 아니라며 다른 번호를 알려 준다. 알려 준 번호를 눌렀지만 계속 연결이 되지 않는다. 초조해진 여자는 112를 누른다. 상대는 이것저것 복잡하게 따진다. 여자는 몇 가지 대답하다 화가 나 종료 버튼을 누른다. 사내에게 다시 전화가 걸려온다. 십 분 안에 안 오면 뒷일은 책임 못 진다며 협박한다. 여자는 자전거 대여점으로 뛰어가 자전거를 대여한 뒤 사내가 말한 위치를 향해 페달을 밟는다.

사내가 말한 위치까지 십 분 안에 가는 건 무리다. 여자는 가방에서 물과 과일 등 무거운 것을 쓰레기통에 버린 뒤 다시 자전거 페달을 밟는다. 배가 묵직하게 내려앉아 밑이 빠져나갈 것 같다. 뱃속의 아기는 저항이라도 하듯 마구 움직인다. 율이가 두려움에 떨고 있을 걸 생각하니 조급증이 난다. 아무리 빨리 달려도 그곳은 적어도 삼사십 분은 족히 걸리는 거리다. 아이는 어쩌다 그렇게 멀리 간 걸까. 며칠 전 아이에게 가장 갖고 싶은 것과 하고 싶은 게 뭐냐고 물었다. '한강에서 자전거 타기'라고 했다. 여자의 몸 상태가 좋지 않다는 것을 눈치챈 아이는 자전거는 혼자 탈 수 있다고 했다.

엄마, 한 바퀴 돌고 올 동안 쉬고 있어요. 나 혼자 잘 탈 수 있으니까.

불안했지만 어쩔 수 없었다. 어쩌면 아이는 아빠와의 추억을 떠올렸을 것이다.

다리에 피가 몰려 발가락부터 저릿저릿 쥐가 난다. 아랫배의 통증은 점점 심해져 도착하기 전에 쓰러질 것 같다. 자전거를 탄 사람들과 스케이트보드를 타는 사람들, 걷거나 뛰는 사람들과 복잡하게 얽힌다. 스피드를 내기엔 역부족이다. 오후의 햇살이 반사된 강물은 은빛의 별무리가 떠가는 것처럼 반짝거린다. 왼쪽으로는 갖가지 식물과 꽃밭이 이어진다. 꽃이 진 벚나무를 지나치자 알싸한 버찌향이 코끝을 스친다. 일 년 전 남편이 기대고 앉았던 나무를 지나친다. 여자는 지금 이 모든 것들이 너무나 평화로워 보여 화가 치민다. 뱃속에서 아기가 점점 심하게 움직인다.

임신 사실을 알기 전엔 아이에게 동생이 있었으면 했다. 그러나 생각지도 못 했던 임신에 여자는 머릿속이 하얗게 변했다. 남편이 원망스러웠다. 박사과정의 학비를 벌기 위해 남편은 친구가 소개한 택배회사에서 일을 시작했다. 트럭 한 대만 있으면 금방 돈을 벌 수 있다고 했다. 남편은 할부가 많이 남은 친구의 트럭을 떠안았고, 여자 몰래 친구 빚보증까지 서 주었다. 남편은 왜 그랬을까, 여자는 식물이 된 남편을 볼 때마다 원망 섞인 한숨이 튀어나왔다. 빚보증을 서기 전 여자에게 상의라도 했다면 적어도 사기는 당하지 않았을 것이다. 그랬다면 남편의 사고 이후 지금처럼 최악의 상태까지는 오지 않았을 것이다. 사고를 당한 뒤에야 남편 친구가 연락을 끊고 사라졌다는 것을 알았다. 그제야 남편이 친구에게 당했다는 것도 깨달았다. 어쩌면 남편은 사고 전 이미 그 사실을 알고 있었던 건 아닐까. 고의적 사고라고 우기는 보험사의 말을 여자는 믿지 않았다. 여자는 어느 것 하나 제대로 처리할 수 없는 지경을 만든 남편이 원망스러웠다. 남편이 식물이 되어 목숨을 연명하고 있다 해서 친구의 빚과 트럭 할부금이 사라지는 건 아니었다. 여자는 지푸라기를 잡는 심정으로 택배회사를 상대로 고달픈 싸움을 시작했다.

마지막 날 고깃집에서 헤어진 뒤 남편은 밀린 배송을 마치고 다음 날 배송할 물품들을 정리하기 위해 회사로 가는 길이라고 했다. 며칠 동안 잠을 제대로 못 잔 상태였기 때문에 수시로 졸음과 싸워야 했다. 눈 깜박할 사이 남편의 트럭은 중앙선을 넘어 맞은편 차선을 질주하다 S자로 꺾여 가로수로 돌진했다고 했다. 마침 지나는 차량이 없어서 목숨은 건진 거라고도 했다. 차라리 남편이 그 자리에서 죽어 버렸다면 어땠을까. 보험료를 받을 수 있었을 것이다. 빚을 떠안지 않아도 됐을 것이고, 권 실장의 올가미에 걸려들지도 않았을 것이다. 택배회사와의 싸움에 들어가는 비용은 만만치 않았다. 여자는 막다른 길에 내몰려 탈출구를 잃었다는 것을 깨닫고 틈틈이 흰 알약을 사 모았다.

척수와 뇌의 일부가 마비된 남편은 침묵만을 지켰다. 일정 기간 병원비 이외에 회사에서 아무것도 해 줄 수 없다는 통보를 받았다. 사고의 경위가 과중 업무에서 비롯되었다는 걸 증명하기는 여자에겐 역부족이었다. 남편의 회사에 여러 번 진정서를 냈다. 하지만 드높은 산 아래서 허망하게 고함을 지르는 격이었다. 오히려 회사에서 남편에게 피해보상을 요구해야 한다고 주장했다. 여자는 노동부와 여러 기관에 진정서를 내고 소송도 제기해 보았지만 무용지물이었다. 할부가 끝나지 않은 남편의 트럭은 폐차장으로 넘어갔다. 병원 측에선 딱한 사정은 이해하지만 병원비의 중간결산을 요구했다. 결국 강제 퇴원을 당한 남편을 아이에게 맡겼다. 사채 이자는 칸디루처럼 여자의 삶을 파먹으며 점점 몸집을 부풀렸다. 여자는 손님들이 먹다 남긴 고기를 몰래 싸서 아이에게 먹였다. 친척들이나 지인들은 더 이상 여자의 전화를 받지 않았다. 아이는 서툴렀지만 아빠에게 죽을 떠먹이고 오줌통을 갈고 배설물 기저귀를 갈아 주었다.

노을이 빠르게 서쪽 끝으로 사라진다. 이마에서 흘러내린 땀으로 두 눈이 따끔거린다. 사내는 야비한 눈빛으로 여자의 얼굴을 훑어본다. 여자는 숨이 차고 다리가 후들거려 금방이라도 쓰러질 것 같지만 간신히 버틴다. 빨리 끝내고 싶은 마음뿐이다. 휴일이어서 운동하는 사람이 많은 데다 부른 배로 한 시간 넘게 페달을 밟은 뒤여서 실신할 지경이다. 중간중간 사내가 전화를 걸어올 때마다 통사정을 했다. 목적지에 도착하자 어둠이 풀밭에서 기어 나와 강물 위를 뒤덮는 시간이 되었다. 자전거 도로 밑 산책로 옆에는 키가 큰 풀들이 무성하다. 풀밭 한가운데 두 대의 자전거가 세워져 있다. 강변 옆 벤치에 사내가 앉아 있고 사내 앞에 고개를 숙인 아이는 사색이 되어 울고 있다. 여자는 그런 아이를 보자 울컥 화가 치밀면서 눈물이 솟구친다. 여자는 다리가 후들거려 제대로 서 있기도 버겁다. 그러나 입술을 깨물며 사내 앞으로 다가간다.

이만 끝내죠, 라고 여자는 단호한 투로 말한다. 사내와 이십 분 이상 실랑이를 벌이다 보니 서 있기도 버거워 숨이 찬다. 사내의 요구는 황당하다. 애가 앞을 가로막아 뒤따라오던 자신의 자전거가 넘어졌다며 통화할 때 말했던 내용을 다시 반복한다. 그러나 팔은 멀쩡했고, 풀밭에 세워 둔 자전거는 값싸 보였으며 흠집도 별로 없어 보인다. 여자는 많이 다쳤으면 병원부터 가자고 해 본다. 사내는 여자의 말을 못 들은 척 흥분한 목소리로 떠든다. 여자는 어쩐지 사내의 속셈이 보이는 것 같아, 경찰을 불러 해결하는 것이 서로에게 좋겠다고 한다. 사내는 경찰을 부르기 전 병원부터 가는 게 순서이고, 병원은 자신이 알아서 가겠다며 여자의 말을 무시한다. 어린애 혼자 자전거를 타게 한 것 자체가 잘못이라며 또 다른 꼬투리를 잡아 핏대를 올린다. 여자는 사내에게 물러서지 않고 병원부터 가든지 경찰을 불러 해결하는 것이 낫겠다고 응대한다. 사내의 수작이 누가 봐도 뻔하다. 사내의 야비한 표정에 권 실장 얼굴이 겹친다.

세상에는 칸디루와 같은 습성을 지닌 인간이 너무도 많다. 여자는 낡은 지갑을 꺼내어 사내 앞으로 내민다. 그러니까, 지금 대놓고 돈을 요구하고 있는 거죠? 어른이 부끄럽지도 않으세요? 팔을 다쳤다더니 잘도 움직이시네요? 자전거도 멀쩡해 보이고, 하 그만하시죠! 여자는 단호한 말투로 내뱉었다. 사내는 표정을 일그러뜨리며 여자의 손에서 지갑을 낚아챈다. 지갑 안을 살피던 사내는, 장난쳐! 만 육천 원? 이 아줌마가 지금 나랑 놀자는 거야 뭐야! 최소한 줄여서 오십만 원 받아도 시원찮을 판에, 이거 순 알거지 아냐!-라고 소리를 지른다. 여자가 피식 웃으며 사내를 노려본다. 사내는 부러졌다는 팔을 세게 휘두르며 욕설을 퍼붓는다.

여자는 핸드폰을 꺼내어 112 번호를 찍어 사내 앞으로 내민다.

자 통화 버튼 누를까요? 어쩔까요?

사내가 잠깐 주춤한다.

사람 잘못 골랐어요!

여자는 울고 있는 아이의 손을 이끌며 가자고 한다. 여자와 아이가 몇 걸음을 떼기도 전, 사내는 욕설을 퍼부으며 거칠게 여자를 불러 세운다. 여자는 다시 사내 쪽으로 몸을 돌려 차갑게 내뱉는다.

애를 빌미로 돈을 뜯어낼 만큼 사는 게 힘든 모양이지? 오늘 내 아들 생일이야. 그리고 오늘 우리는 생의 마지막 날을 보내는 중이라고.

사내는 눈을 가늘게 뜨고 여자의 왼쪽 가슴 위쪽을 손가락으로 찌르며 말했다.

이게 미쳤나, 어디서 쇼를 하고 지랄이야?

여자는 사내의 팔을 쳐 내며 말한다.

못 알아들어? 우리 오늘 마지막 날이라고. 그러니까 니 맘대로 해 봐. 아무것도 겁 안 나니까.

사내가 어이없다는 듯 피식피식 웃었다. 여자는 한쪽에 세워 둔 아이의 자전거를 끌며 아이에게 자신이 타고 온 자전거 쪽으로 가자고 말한다.

여자는 아이와 각각 자전거를 끌고 자전거 도로로 나온다. 사내가 거품을 물고 달려드는 개처럼 소리를 지른다. 여자는 모른 척 자전거에 오른다. 아이에게 앞서가라고 한 뒤 아이의 뒤를 따르

며 페달 위에 발을 올린다. 저거 완전 미친년 아냐! 사내는 다행히
쫓아오는 것 같지는 않다. 여자는 실신이라도 할 것처럼 배가 딱딱
하게 뭉치면서 통증이 몰려온다.

율아, 지금 젤 먹고 싶은 게 뭐야?

없어요.

괜찮아, 말해 봐.

아까 김밥이랑 과자랑 먹어서 배불러요. 옷이랑 신발도 사 주
셨잖아요.

그래도 또 없어? 생일이잖아. 엄마가 다 해 줄게.

아이는 풀이 죽은 목소리로 말한다.

죄송해요, 엄마.

5월의 초저녁 바람은 제법 쌀쌀하다. 그 많던 사람들이 모두
사라지고 산책로에는 몇몇 사람들만 남아 걸음을 재촉하고 있다.
가로등의 불빛이 자전거 페달을 밟는 아이와 여자의 그림자를 길게
늘어뜨린다. 풀밭에서 날벌레가 날아들어 얼굴 위로 들러붙는다.

벤치가 보이자 여자는 잠시 쉬어 가자고 한다.

너 겁도 없이 왜 그렇게 멀리 갔니? 안 무서웠어? 무슨 생각으
로 거기까지 달린 거야?

아이는 강물 쪽으로 시선을 두고 대답한다.

하나도 안 무서웠어요. 달리다 보니까 욕심이 생겨서 계속 간 거예요.

욕심? 무슨 욕심?

아이는 벤치 옆 기다란 잡풀의 목을 꺾으며 말한다. 끝까지 가다 보면 뭔가 있을 거 같았어요. 여자는 깊은 슬픔이 강물을 타고 밀려오듯 가슴과 목울대가 답답하고 코끝이 찡하다.

뭐가 있을 거 같다니?

아이는 고개를 저으며 말한다.

몰라요, 그냥 기분에 꼭 뭔가가 있을 거 같았는데 그게 뭔지는 잘 모르겠어요……

여자는 울음을 목뒤로 넘기며 간신히 말한다.

율아, 누구에게나 다른 세계로 가는 통로라는 게 있어. 아빠한텐 거실 벽에 걸린 그림 알지? 그 그림 안에 있는 섬이 그런 곳이야. 율이도 그런 곳이 궁금했나 보네.

아이는 눈을 동그랗게 뜨고 여자를 쳐다본다.

아빠가요? 그럼 아빠 그 섬에 갇힌 거예요?

아니, 아빠 그 섬에서 쉬고 있는 거야. 엄만 그곳으로 가는 통로도 알고 있지.

아이는 깜짝 놀란 표정으로 묻는다.

엄마가 그걸 어떻게 알아요?

여자는 아이의 손을 꼭 잡는다.

음, 글쎄… 절실히 바라는 사람들에겐 자신이 가고 싶어 하는 문이 보이거든.

아이가 소리를 지른다. 우와아, 신기하다.

아이는 호기심에 눈을 반짝거린다. 금세 기분이 좋아져 물고 기처럼 몸을 포르르 떤다. 여자는 아이의 어깨를 꼭 끌어안는다. 참았던 눈물이 핑 돈다. 풀밭과 강물 위로 퍼진 불빛들이 어두운 유화처럼 뭉개진다. 여자는 주머니에 구겨져 있는 만 원짜리 지폐 다섯 장을 만지작거린다. 사내를 만나기 전 미리 빼놓은 것이다. 여자는 이대로 잠이 들고 싶다. 뱃속의 아기가 꿈틀거린다. 여자는 가만히 배에 손을 가져다 댄다. 여자의 손길을 따라 아기가 따라온다. 여자의 입가에 슬픈 미소가 번진다. 남편 혼자 잠에 빠져 있는 게 아니야. 우리 모두 악몽을 꾸는 중이야. 여자는 입술을 깨물며 생각한다. 율이를 두고 갈 순 없겠어. 계획을 바꿀 거라 생각하자 갑자기 마음이 분주해진다. 집으로 가는 길에 철물점에 들러 번개탄을 구입한다. 아이는 번개탄을 보며 신기해한다.

남편의 눈동자는 여전히 한곳에 멈춰 있다. 여자는 주방으로 가 아이가 좋아하는 초코우유를 두 개의 유리잔에 따른다. 짙은 다갈색의 액체에서 달콤한 향이 풍긴다. 아이가 틀어 놓은 티브이에서 짱구라는 만화가 방영되고 있다. 싱크대에서 약봉투를 꺼내 가루를 내어 초코우유가 담긴 두 개의 머그잔에 털어 넣는다. 뱃속의 아이가 세차게 발길질을 해댄다. 이미 다 자란 아이를 당장 없애라던 권 실장의 얼굴이 떠오른다. 턱이 부르르 떨린다. 아이는 케이크 앞에 앉아 빨리 오라고 재촉한다. 여자는 케이크 위에 열한 개의 초를 꽂는다. 초에 불을 붙이고 전기 스위치를 끈다. 어둠이 좁은 방 안 구석구석으로 퍼진다. 동그랗게 피어오르는 촛불의 빛이 흔들린다. 하얀 생크림의 케이크는 주황빛이 퍼져 더욱 먹음직스러워 보인다. 여자는 남편을 돌아본다. 마치 한 마리의 거대한 벌레처럼 보인다. 여자와 아이는 생일 축하 노래를 부른다. 노래가 끝나자 아이가 촛불을 끄려고 한다.

율아, 잠깐! 촛불을 끄기 전에 소원 빌어야지. 우리 다 같이 이상한 세계로 모험을 떠나는 소원은 어때?

불빛에 물든 아이의 얼굴이 발그레하다.

초코우유를 모두 마신 뒤 깊은 잠에 빠진 아이를 남편 옆에 눕힌다. 새 운동화를 가슴 위에 올려 준다. 여자는 휴지통에 처박았던 스케치 노트를 끄집어내 구김을 펴고 간단한 메모를 쓴 뒤 남편의 머리맡에 놓는다. 밖으로 나가 번개탄을 피울 철제 통을 들고 온다. 초록 테이프로 창문과 방문의 틈새를 꼼꼼하게 이어 붙인다. 라이터를 켜고 스케치 노트를 몇 장 떼어 낸 뒤 불을 붙여 번개탄을 피운다. 연기가 자욱하게 퍼진다. 처음엔 잘 붙지 않던 불이 붙기 시작하자 화르륵 불길이 올라온다. 번개탄에 뚫린 구멍에서 스물두 개의 붉은 혀가 이글거리며 피어올랐다. 여자는 초코우유가 담긴 나머지 컵을 들고 남편 옆으로 간다. 남편의 눈동자가 희미하게 흔들린다. 여자는 남편의 귀에 대고 속삭인다.

너무 늦었어.

뱃속의 아기가 노크를 하듯 톡톡 발길질을 한다. 초코우유를 한 방울도 남김없이 모두 마신다. 달콤하다. 누군가 방문을 두드린다. 여자는 서서히 잠에 빠져든다. 방문 두드리는 소리가 점점 다급하고 세게 이어진다. 여자는 조금씩 가라앉는 의식의 밑바닥에서 오로라처럼 피어오르는 소리를 듣는다. 여자는 가느다란 끈을 붙들듯 희미한 소리를 듣는다. '삶과 죽음은 모두 자연의 한 조각일 뿐이다.' ■

갓길 없음

갓길 없음

내가 아는 죽음은 모두 단호하고 깔끔했다. 유서 역시 간결했다. 그것이 식물이든 동물이든. 잠깐 한눈을 팔다 돌아보면 그들은 다른 세계로 훌쩍 사라지고 없었다. 죽음의 목록 중 가장 단호했던 1위는 단연 바다에서 발견된 엄마의 죽음이었다. 너무도 갑작스러워서 엄마의 죽음은 슬픈 농담 같았다. 죽음이 삶을 완벽하게 배신한다는 것만은 분명했다. 지금 나와 이다는 고모가 즐겨 쓰는 '간절히 원하면 뭐든 이루어진다'의 명제와는 거리가 멀다. '간절히 원하는 것일수록 절대 이루어지지 않는다'의 상황에 처했으니까.

내가 깨어났을 때, 이다는 방문 옆 바닥에 쓰러져 있었다. 이

다의 몸은 축 늘어져 있고 얼굴과 머리 쪽 털이 온통 피투성이였
다. 나는 몇 초간 몸을 움직일 수 없었다. 목소리도 나오지 않았
다. 다리가 저릿했고 온몸이 후들후들 떨렸다. 간신히 몸을 움직
여 이다 옆으로 갔다. 이다는 숨을 쉬는 것도 같았고 이미 멈춘 것
도 같았다. 침대보를 끌어다 이다의 몸을 감싼 뒤 문 옆에 떨어진
핸드폰을 집었다. 누구한테 전화하지? 기령이 말고는 전화할 곳이
없었다. 기령의 번호를 누르려다 참았다. 또 가출했을 기령이 별
도움이 될 거 같지 않았다. 핸드폰을 들고 망설이다 실수로 인스타
그램 앱을 켰다. 기령은 몇 시간 전 인스타그램에 사진을 업로드했
다. 손톱에 붙인 보석이 하루 만에 또 바뀌었다. 푸른 물고기 모양
이다. 기령의 팔로워들이 대박! 존예! 개이뿌당 등의 댓글과 함께
각종 이모티콘을 남겼다.

　이다의 미세한 움직임이 느껴졌다. 재빨리 핸드폰을 내려놓고
이다의 가슴에 귀를 대 보았다. 희미하게 몸이 오르내리는 것이 느
껴졌다. 숨소리가 너무 가늘어 덜컥 겁이 났다. 이다는 이미 다른
세계의 경계에 발을 걸쳐 놓고 있는 건 아닐까. 이다가 없는 세계
를 상상해 봤지만 쉽지 않았다. 이다의 목덜미와 입가를 손가락으
로 조심스럽게 쓰다듬었다. 이다가 혀를 내밀어 힘겹게 내 손가락
을 핥았다. 메마른 혀가 사포처럼 까끌거렸다. 주방에 있는 키친

타월에 물을 듬뿍 적셔 왔다. 이다의 입을 벌려 물을 한 방울씩 흘려 넣었다. 이다가 어느 순간 공기처럼 사라져 버릴까 두려웠다.

나도 모르게 고모에게 카톡을 보냈다. 어쩔 수 없는 기대감이었다. 역시나 카톡 확인을 하지 않았다. 카톡을 확인한다 해도 이다의 상태를 해결해 줄 고모는 아니었다. 고모는 오히려 잘됐다고 좋아할지도 몰랐다. 고모 남자친구가 싫어하는 건 고모도 싫어했고 고모 남자친구가 좋아하는 건 무조건 다 옳았으니까. 이다와 내가 아프거나 죽는다 해도 고모의 반응은 시큰둥할 것이다. 고모는 고모 남자친구와 관련된 일이 아니면 모든 게 시큰둥한 인생이니까. 내가 가끔 학교에 가지 않아도 고모는 관심 없었다. 자기에게 피해만 주지 않으면 뭐든 참아 준다는 식이었다. 다만 보호자역할은 싫다고 했다. 고2면 어른이나 마찬가지라고 했다. 너 동등하게 산다는 게 얼마나 힘든 건지 모르지? 고모니까 가능한 거야.

이다는 한쪽 눈을 가늘게 떴지만 눈꺼풀이 파르르 떨렸다. 삼 년 동안 마주했던 눈동자는 핏물이 고여 형체가 흐릿했다. 짧은 비명과 함께 나도 모르게 눈을 감았다. 어쩔 수 없이 기령에게 카톡을 보냈다. 이다 심하게 다쳤음, 죽으면 어떡하지ㅠㅠ 기령에게 금방 답이 왔다. 나 지금 코노 왔는데 뭔 일? 나는 너무 무섭다고 답을 보냈다. 기령은 당장 병원에 데려가라고 했고, 나는 이 시간에

문 연 동물병원이 어딨냐고 답했다.

빨리 문 열어! 카톡을 보고 문을 열자마자 기령이 뛰어들며 소리를 질렀다. 기령의 몸에서 희미하게 술 냄새가 풍겼다. 나는 소란을 떠는 기령에게 조용히 좀 하라며 방으로 왔다. 뒤따라온 기령이 이다를 보자마자 또 소리를 질렀다. 으아악, 얘 왜 이래? 죽은 거 아냐? 기령은 울음을 터뜨리며 빨리 119를 부르자고 했다. 119 부르면, 장난치냐고 개난리 칠 거 뻔하잖아. 기령이 흥분해서 소리쳤다. 그럼 내버려 둘 거냐고! 나한테 진작 전화라도 하지! 나는 당연히 기령의 번호를 눌렀다고 했고 기령은 내 번호가 찍힌 적 없다고 했다. 이상했지만 그런 것에 신경 쓸 겨를이 없었다. 기령이 방문 옆에 주저앉아 또다시 소리를 질렀다. 문 주변 여기저기 튄 핏자국 때문이다. 기령의 계속되는 비명 때문에 머리가 깨질 것 같았다. 나는 이다의 늘어진 몸을 정성껏 주물렀다. 주무르다 보면 이다가 기지개를 켜고 아무 일 없다는 듯 깨어날 것 같았다.

기령이 이다의 몸을 감싼 침대보를 벗기더니 또 날카롭게 비명을 질렀다. 그러곤 악악 소리를 내며 울었다. 마치 까마귀 울음처럼 기괴한 소리였다. 나는 기령에게 제발 좀 조용히 하라고 짜증을 냈다. 기령이 지금 조용하게 생겼냐며, 얘 눈! 왜 이래? 누가 이랬어? 물었다. 그 새끼! 엎드린 채 바닥을 짚고 있는 기령의 손이 덜덜 떨렸다. 손톱에 매달린 푸른 물고기들도 파르르 몸을 떨었다. 조그만 물고기들이 금방이라도 기령의 손톱에서 헤엄쳐 빠져나갈 것 같았다. 물고기 눈에 붙인 조그만 보석들이 반짝이며 빛을 냈다. 기령이 부스스 일어나 앉으며 붕대를 가져오라고 했다.

나는 주방으로 가 여기저기 뒤져 보았지만 구급상자는커녕 붕대로 사용할 만한 것은 눈에 띄지 않았다. 기령은 카메라로 이다와 방 여기저기 튄 핏자국을 찍고 있었다. 뭐 하냐고 묻자 증거를 남겨야 한다고 했다. 나는 책상 위에 있는 두루마리 화장지를 가져다 이다 앞에 앉았다. 화장지를 뜯어 이다의 얼굴에 갖다 대자 순식간에 화장지에 피가 번졌다. 나는 손이 덜덜 떨려 제대로 화장지를 감기 힘들었다. 기령이 나를 옆으로 밀며 자기가 하겠다고 했다. 병원부터 찾아야 돼! 빨리 검색해 봐. 눈에 박힌 것부터 빼 줘야지 너무 고통스러워 보여.

기령이 소리를 질렀다. 나는 비로소 정신이 들었지만 무엇을 어떻게 해야 할지 몰라 허둥댔다. 머릿속은 여전히 먹물을 삼킨 듯 까맣게 굳었다. 기령은 울면서도 할 건 다 했다. 기령은 화장지가 두툼해질 때까지 이다의 머리 쪽에 화장지를 감고 또 감았다. 이다의 머리가 눈사람처럼 부풀었다. 기령의 노랗게 탈색된 머리카락이 얼굴을 자꾸 뒤덮었고 그때마다 기령은 고개를 뒤로 세게 젖혔다.

나는 주저앉아 이다의 몸을 계속 주물렀다. 이다의 몸은 조금씩 탄성을 잃어 가는 것이 느껴졌다.

기령은 타월을 바닥에 깔고 이다의 몸을 들어 올리려다 으으윽 소리 내며 말했다. 아 어떡해, 이다 죽은 거 아니겠지? 어, 이건 뭐지? 기령이 이다의 한쪽 발밑에서 피 묻은 목걸이를 끄집어냈다. 나는 입을 막고 터져 나오는 신음을 목 안으로 되삼켰다. 악몽에서 깨어나지 못하다 비로소 정신이 돌아온 것 같았다. 고모 남자 친구 목걸이였다. 나는 뜨거운 물을 뒤집어쓴 듯 숨이 막혔다. 기령의 손에서 피로 얼룩진 목걸이를 잡아챘다. 손이 부들부들 떨렸다. 기령은 뭐야? 하더니 다시 이다의 몸을 조심스럽게 들어 올렸다. 이다의 몸이 축 늘어졌다. 아, 완전 사이코패스네! 기령이 목소리가 떨렸다. 개새끼지! 기령은 타월로 이다의 몸을 감쌌고 무릎담요로 한 번 더 감싼 뒤, 안을래? 물었다. 나는 이다를 안으려다 무릎을 꺾고 주저앉았다. 입에서 일그러진 신음이 새어 나왔다. 그제야 기령이 나를 쳐다보며 왜 그러냐고 물었다.

나는 괜찮다고 말한 뒤 손바닥으로 무릎을 짚고 몸을 반쯤 일으킨 채 숨을 골랐다. 온몸이 바늘로 찌르듯 아프고 다리가 후들거렸다. 안 괜찮은데? 기령이 눈을 동그랗게 뜨고 입을 벌린 채 몇 초 동안 얼빠진 애처럼 서 있었다. 우리 사이에 정적이 감돌았다.

너, 왼쪽 눈이랑, 입술이 퉁퉁 부었어. 기령이 내 입술에 손을 댔다. 나는 아얏, 비명을 지르며 기령의 손을 피했다. 기령이 후우, 한숨을 내쉬며 내 머리를 끌어안았다. 기령의 가슴에서 막 씻은 듯한 비누 냄새가 풍겼다. 나는 통증이 가라앉기를 기다리며 기령의 품에 가만히 있었다. 이를 뿌드득 가는 기령의 몸에서 열기가 후끈하게 전해졌다. 기령이 화를 견디고 있는 것이 느껴졌다. 기령이 나와 같은 처지였다면 나 역시 똑같았을 것이다. 기령이 피 묻은 옷은 안 되겠다며 옷장에서 검은색 후드집업을 꺼내 주었다. 이럴 땐 꼭 언니 같다니까.

밤바람이 쌀쌀했다. 미세먼지가 심한 건지 공기가 탁했다. 재채기가 자꾸 튀어나왔다. 기령은 핸드폰 자판을 부지런히 두드리며 걸었다. 나는 아침의 이다와 한낮의 이다를 떠올리다 어제의 이다와 그 전날의 이다를 떠올렸다. 이다는 엄마와 나 이외에 유일하게 기령을 좋아했다. 엄마의 갑작스러운 죽음 뒤 어쩔 수 없이 고모 집으로 옮겼을 때 이다 때문에 고모와 실랑이를 벌였다. 애꾸눈 고양이 재수 없다며 고모는 당장 버리라고 윽박질렀다. 이다를 끌어안고 끝까지 버티자 고모는 이다를 강제로 내 몸에서 떼어 내려 했다. 맹수처럼 이를 드러낸 이다가 고모의 손등을 할퀴었다.

그때 나는, 이다와 내가 훨씬 더 까다롭고 불편한 삶을 살 거란 예감을 했다. 고모의 삶에 귀찮은 존재가 된 우리는 서로의 상처를 보호하는 부스럼 딱지가 되었다. 그러나 서로의 마음속 사라진 엄마의 공간은 돌보지 못한 채 방치되었다. 이다의 배 쪽에 남아 있던 희미한 온기가 점점 사라지고 있었다. 이다의 몸에서 온기가 모두 빠져나가면, 그때도 이다가 똑같은 이다일까. 기령은 24시간 동물병원을 검색하다 포기했다. 어쩔 수 없이 일반 병원 응급실을 검색했다. 나는 기령의 몸에서 희미하게 맡아지던 술 냄새를 떠올렸다.

기령이 바닥에 침을 뱉으며 핸드폰에 대고 욕을 했다. 어우 왜다들 모른 척하냐고. 한참을 걸었다. 그사이 여러 대의 차가 지나갔다. 나는 자주 다리가 꺾였지만 머릿속에 티끌처럼 시작된 푸른색 불빛이 점점 커지는 것을 깨달았다. 머릿속 푸른 불빛의 부피가 커지는 만큼 가슴 안쪽에는 뜨거운 것이 끓어오르는 것처럼 화끈거려 숨이 막혔다. 내가 비틀거릴 때마다 열심히 핸드폰을 두드리던 기령이 내 팔을 붙잡아 주었다. 기령은 틈틈이 택시를 잡으려고 손을 흔들었지만 빈 택시는 눈에 띄지 않았다. 어쩌다 빈 택시가 있어도 그냥 지나갔다.

기령이 동물병원이라고 소리를 질렀다. 우리는 불 꺼진 동물병원 앞에 섰다. 기령이 문을 두드리고 나는 도와 달라고 소리쳤다. 아무리 문을 두드리고 소리를 질러도 어둠에 잠긴 문은 열리지 않았다. 안쪽에서 개들이 짖는 소리가 요란했다. 기령이 발로 문을 찼다. 나는 유리창에 기대어 바닥에 주저앉았다. 기령이 일어나라고 했다. 택시를 못 타면 근처 파출소로 가자고 했다. 나는 어느 정도 긴장이 풀린 건지 온몸에 힘이 빠지면서 갑자기 잠이 몰려왔다. 졸면 안 되는데. 기령이 누군가와 통화하는 소리가 꿈결처럼 점점 희미하게 멀어졌다.

이다가 침대를 구르며 장난을 쳤다. 이다와 내가 한데 뭉쳐 침대에서 떨어졌다. 아팠다. 그런데도 웃음이 터졌다. 기령이 이다의 몸을 간질였다. 이다는 계속 소리를 내며 나와 기령의 다리 사이를 날렵하게 오갔다. 어 이다 웃는 거 봤어? 내가 말했다. 사기 칠래? 냥이가 어떻게 웃냐. 봐 봐 지금 웃고 있잖아. 내가 말했다. 이빨까지 드러내고 짜증 내고 있구만. 기령이 말했다. 잘 봐 봐 이건 우는 게 아니고 웃는 거라고 바보야. 내가 말했다. 완전 열 받은 거거든 바보야. 기령이 깔깔대며 받아쳤다. 이다는 우는 거라고. 나 역시 받아쳤다. 어우 멍청아 아깐 웃는다며?

기령이 내 몸을 흔들었다. 눈을 뜨자 이다의 웃음소리가 비눗방울처럼 툭툭 터져 버렸다. 기령이 내 몸을 억지로 일으켜 부축하듯 찻길로 데려갔다. 나는 배가 허전하고 서늘해서 깜짝 놀랐다.

햐, 신기하다. 잠깐 사이에 조냐. 어 야 조심해! 이다는? 이다 어딨 어! 너부터 병원 가야겠는데? 야 이다가 죽어 가는데 지금 내가 문제냐고! 빨리 병원부터 찾아봐. 기령이 내 어깨를 부축하고 택시 쪽으로 이끌었다. 오늘따라 기령이 믿음직스러운 친구로 보였다. 학교를 자퇴한 뒤 노는 애들과 어울리며 안 좋은 소문을 뿌리고 다녔지만, 내겐 어릴 때부터 변함없는 친구이다. 기령 역시 힘든 시기를 지나고 있음을 누구보다 나는 잘 알고 있다. 택시 기사가 빨리 안 탈 거냐고 소리를 질렀다. 나는 뒷좌석에 올라 이다를 조심스럽게 품에 안았다.

고모네로 옮긴 뒤 기령을 만나러 예전 동네를 찾아간 적이 있다. 기령이 며칠 동안 연락이 안 되어서였다. 집 나간 년이 보름 넘도록 안 들어온다며 기령의 엄마가 욕을 했다. 골목을 터벅터벅 걸어 나오다 기령과 마주쳤다. 한 달 만이었다. 기령은 오토바이를 타고 있었다. 배달하는 오빠를 졸라 잠깐 빌렸다고 했다. 기령이 이사 간 곳은 괜찮냐고 물었고 나는 그렇다고 했다. 기령은 이런저런 질문을 했고 나는 고개를 끄덕이거나 가로저었다. 대부분 사소한 질문들이었다. 예전 동네의 골목은 여전히 좁고 더럽고 가난에 찌든 모습이었다. 엄마의 죽음은 한동안 좁은 골목을 타고 떠들썩하게 퍼져 나갔다.

기령과 나는 오토바이를 타고 달렸다. 시원했다. 기령이 뭐라고 소리를 질렀지만 전혀 알아들을 수 없었다. 근린공원에 도착했다. 나는 계속 달리고 싶었지만 참았다. 기령이 잠깐 벤치에 앉아 있으라고 말한 뒤 편의점에서 술과 과자봉지를 사 왔다. 기령은 많이 변했다. 단발머리는 노랗게 탈색했고 옷차림은 헐렁한 힙합 스타일이었다. 여고생 이미지는 어디에도 남아 있지 않았다. 마치 고등래퍼 출연이라도 할 것 같은 폼이었다. 기령이 먼저 술을 한 모금 마신 뒤 내려놓았고 나도 한 모금 마신 뒤 내려놓았다. 너 많이 변했네. 꿈이 바뀐 거야? 동물의 감각기관은 필요에 의해 진화하는 거지. 외모는 변했지만 아직도 잘난 척하는 말투의 장난기는 그대로였다. 그럼 넌 점점 진화한다는 거냐. 앞을 향해 갈 뿐이지. 숨은 쉬어져? 조금은 슬프지만 대체로 만족해. 너는? 만족은 아닌데 숨은 쉬고 살아.

기령이 붉은 입술을 벌려 웃었다. 치아가 활짝 드러났다. 치약 거품이라도 물고 있는 것처럼 하얗다. 저렇게 하얗게 웃을 수도 있구나. 나도 따라 웃었다. 기령이 엄마 얘길 꺼내지 않아서, 나도 기령의 아빠가 아직도 술만 마시면 괴물처럼 변하는지 묻지 않았다. 우리는 오랜만에 만난 탓에 이야기가 끊이지 않았지만 구질구질한 화제는 피했다. 소주 한 병을 비웠을 때 기령이 갑자기 팔을 뻗어 집게손가락을 휘저으며 랩을 쏟아 냈다.

-수동적인동물이야말로위대한위치와지위를차지하고있지시키
는공부나일은잘해,어디서건우열집단에포함되지년평범한인간
을보면하등동물보듯해.너할줄아는거있어?어릴땐엄마치마폭
에,좀더크면학교제도에,어린게어른이되었다고?넌이미자본주의
냄새에취해허우적허우적우스꽝스런삐에로!어,어,에에!-

아 재미없어, 야 그게 뭐야. 완전 구려. 나는 기령의 어깨를 때
리며 마구 웃었다. 어 너 웃었다, 웃은 거지? 하며 기령이 자신이
학교를 때려치운 이유라고 했다. 멍청이들 틈에서 머리 터지게 경
쟁하며 사느니 차라리 자유를 택하겠다고 했다. 나는 엄지를 치켜
들고 내용도 별로고 라임도 전혀 안 맞는데 플로우는 그럭저럭 최
고!라고 해 주었다. 기령은 나를 가만히 쳐다보다 괜찮니? 물었다.
나는 대답하지 않고 새우깡을 입에 넣고 씹었다. 아작아작 소리가
산뜻하게 들렸다. 그날 이후 기령은 매일 학교가 끝날 즈음 나를
찾아왔다.

기령이 택시 기사에게 가장 가까운 응급실로 가자고 했다. 나
는 무릎담요에 싸인 이다를 조심스럽게 다리에 올렸다. 이다의 몸
이 아까와는 달리 조금씩 딱딱해졌다. 나는 이다의 몸을 꼭 끌어
안았다. 온기가 사라졌지만 이다는 이다였다. 담요 끝을 걷어 내고

이다의 입을 벌려 호흡을 불어넣었다. 계속 호흡을 불어넣자 기령이 이다의 몸을 만져 보며 너무 딱딱하잖아, 하고 갑자기 울음을 터트렸다. 아직은 아냐! 나도 모르게 소리를 질렀다. 택시 기사가 무슨 일이냐고 물었고 나는 아무 일도 아니니 빨리 좀 가 달라고 말했다.

무릎담요와 타월 사이로 손을 집어넣어 이다의 몸을 만졌다. 피가 굳어 털이 거칠었다. 아주 미세하게 온기가 남아 있는 것도 같았다. 나는 이다의 몸에 대고 따뜻한 바람을 불어넣었다. 이다의 몸에서 체온이 모두 빠져나갈까 봐 두려웠다. 이다마저 내 곁에서 사라지면 엄마가 만든 커다란 구멍을 메울 방법을 끝내 찾지 못할 것 같았다. 이다는 정말로 나를 떠나려는 걸까. 나는 쉽게 상상이 되지 않았다. 내가 학교에 가 있는 동안 이다는 언제나 내 침대 아래 웅크리고 앉아 종일 나만을 기다렸다. 내가 돌아온 뒤에야 어두운 구석에서 빠져나와 밥을 먹었다. 이다 역시 엄마의 부재를 인정하지 못하는 것 같았다.

생각해 보면 엄마가 떠난 뒤 이다는 매일 울었다. 내가 외출할 때도 울고 내 다리에 몸을 비비며 놀아 달라고 할 때도 울었다. 고모 남자친구가 내 방문을 열려고 할 때도 목이 터져라 울었다. 고모 남자친구는 요즘 부쩍 자고 가는 날이 많아졌고, 고모가 없는 시간에도 자주 찾아왔다. 고모는 결혼 준비를 서둘러야겠다고 했다. 고모는 내 아빠이자 무능한 남동생 뒤치다꺼리로 인생을 허비한 탓에 결혼 적령기를 놓쳤다고 투덜댔다. 엄마가 남긴 보험금으로 카페를 차린 것은 나를 보살피기 위한 거라고 했다. 엄마의 돈을 쓰는 것은 합법적이고 당연한 권리라는 변명도 빠트리지 않았다. 고모는 엄마랑 살던 집 전세를 한마디 상의도 없이 뺐고, 그 돈으로 여섯 살 연하의 남자친구에게 차를 선물했다. 고모가 모든 걸 비밀로 한다 해도 나는 많은 것을 눈치챘다. 약자가 강자보다 강한 게 있다면 재빠른 눈치일 것이다.

이다는 왜 그랬을까. 이렇게 작은 몸으로 나를 지켜 줄 수 있다고 생각했던 걸까. 저녁 먹으라고 고모가 소리를 질렀고, 나는 고모 남자친구의 시선이 끈적이는 타액처럼 역겨워 방에서 나가지 않았다. 고모가 가게 나갈 준비를 하는 동안 고모 남자친구는 식탁에 앉아 남은 술을 마셨다. 두 사람이 나간 뒤 나는 그들이 먹고 난 음식을 치우고 설거지를 했다. 초인종이 울렸고 고모 남자친구가 핸드폰을 놓고 갔다고 했다. 나는 어쩔 수 없이 문을 열었다.

설거지를 끝내고 방으로 들어가려고 하자 고모 남자친구가 소파에 잠깐 앉아 보라고 했다. 왜요? 묻는 내게, 요즘 힘든 거 없냐고 물었다. 아뇨, 대답한 뒤 방으로 들어가려고 했다. 고모 남자친구가 내 팔을 붙잡으며 핸드폰 못 봤냐고 물었다. 나는 깜짝 놀라 소리를 질렀다. 야, 너 왜 그래? 누가 잡아먹기라도 하니? 고모 남자친구는 재밌다는 듯 킥킥 웃었다. 나는 겨우 팔을 빼내고 도망치듯 방으로 들어왔다. 가슴이 두근거리고 숨이 막혔다. 나는 재빨리 핸드폰을 켜고 기령의 번호를 누르고 통화 버튼을 눌렀다. 곧바로 쫓아온 고모 남자친구가 문을 세게 밀었다. 나는 바닥으로 나동그라지며 핸드폰을 놓쳤다. 이다가 맹렬한 소리로 울어 대며 고모 남자친구에게 달려들었다.

아나 이것들이 왜 이래? 같이 핸드폰 좀 찾자는데, 뭐 잘못됐어? 고모 남자친구가 일어서려는 내 몸을 다시 넘어뜨리며 소리를 질렀다. 나는 도망가야 한다는 생각뿐이었지만 몸이 말을 듣지 않았다. 이다가 날카로운 이를 드러내고 고모 남자친구에게 달려들었다. 고모 남자친구는 한 손으로 내 몸을 누르고, 한 손으로 고양이를 때렸다. 이다는 이를 드러내고 사납게 울부짖었다. 나는 고모 남자친구 팔뚝을 힘껏 물었다. 고모 남자친구의 주먹이 여러 차례 내 얼굴을 강타했다. 눈앞이 어두워지고 어질어질했다. 있는 힘껏 고모 남자친구의 몸을 밀어 냈다. 그럴수록 고모 남자친구의 주먹은 거세졌다. 어느 순간 손아귀의 힘이 스르륵 풀렸다. 귀에선 휘이잉 바람 소리가 들렸다. 소리는 점점 심해져 회오리바람이 되어 내 몸을 집어삼켰다. 엄마가 내 이름을 부르는 소리가 들렸다. 엄마의 목소리는 사방으로 퍼져 각기 다른 목소리를 냈다. 나는 길 잃은 행성처럼 엄마의 목소리를 찾아 이리저리 떠밀렸다. 여러 개로 조각 난 엄마가 나를 둘러싸고 위성처럼 빙글빙글 돌았다. 어지러웠다. 얼마나 정신을 잃고 있었을까. 깨어 보니 이다가 쓰러져 있었다.

택시는 정형외과 응급실이라 적힌 병원 앞에 섰다. 나는 이다를 안고 기령을 따라 병원으로 들어갔다. 기령은 응급실 접수처로 뛰어갔다. 접수처에 앉아 있는 간호사에게 기령이 이다의 상태를 설명했다. 간호사는 당황스러운 표정으로 말했다. 여긴 동물병원이 아닌데요. 알아요, 그런데 얘가 지금 죽어 가고 있어서요. 응급처치라도 해 주시면 안 될까요? 그리고 재도 같이 치료해야 돼요. 고양이는 동물병원으로 가야죠. 거기 환자분은 접수부터 하세요. 나는 괜찮다고 고개를 저었다. 기령이 고양이는 왜 안 되냐고 따졌다. 사람이나 동물이나 생명은 모두 같은 거고, 응급처치만 해 달라는 건데 안 되는 이유가 뭐냐고 소리를 질렀다. 기령은 지나치게 자주 흥분하고 분노한다. 좋은 일에도 나쁜 일에도 슬픈 일에도 종이에 불이 붙듯 자주 타오르고 쉽게 꺼졌다. 그러나 그런 기령의 성격이 지금은 오히려 괜찮아 보였다. 나는 간호사에게 이다의 눈에 박힌 거라도 빼 달라고 했다. 간호사는 곤란하다고 냉정하게 잘라 말했다. 곤란하다뇨? 왜요? 내가 묻자 간호사는 안 된다고 단호하게 말했다.

주변을 서성이던 사람이 다가왔다. 환자복을 입은 남자가, 학생 그거 고양이라고? 사고 당했어? 물으며 막을 새도 없이 무릎담요 한쪽을 걷었다. 나는 깜짝 놀라 비명을 질렀다. 남자 환자는 웃으며, 왜 그렇게 놀라? 어 학생도 얼굴을 다쳤네, 무슨 일 당했나? 물었다. 나는 남자 환자가 고모 남자친구로 보여 뒷걸음질 쳤다. 기령이 접수처 여자에게 계속 따지자 여자는 벌떡 일어나 접수 안할 거면 그만 나가 달라고 했다. 학생, 고양이 그거 이미 딱딱하게 굳은 거 보니 진작 죽은 거네. 남자 환자가 다시 다가와 이다를 만지려고 했다. 내 귀 안에서 바람이 세게 불기 시작했다. 나는 이다를 꽉 붙들고 소리를 질렀다. 아아악, 저리 비켜요. 안 죽었어요, 안 죽었다구요! 나는 소리를 지르며 바닥에 주저앉았다. 남자 환자가 내 몸을 붙잡으려고 했다. 나는 몸을 웅크린 채 힘껏 소리를 질렀다. 기령이 뛰어와 내 팔을 붙잡았다. 기령이 남자 환자에게 꺼지라고 소리를 질렀다. 허허 얘네 완전 미친것들 아냐. 기령이 나를 일으키자마자 나는 밖으로 뛰쳐나왔다. 고모 남자친구의 웃음소리가 귓속에서 소용돌이처럼 퍼졌다.

나는 찻길 옆 가로수에 기대 거친 숨을 몰아쉬었다. 커다란 덩어리가 속을 꽉 채우고 있는 것처럼 답답했다. 기령이 옆에서 병원을 향해 온갖 욕설을 퍼부었다. 택시 기사가 어이 학생들, 길에서 뭐 하는 거야? 안 탈 거면 택시비 내야지, 라고 했다. 기령이 택시 뒷문을 열어 주며 내게 타라고 했다. 나는 택시에 타자마자 이다를 끌어안고 몸을 웅크렸다. 기사가 어디로 갈 거냐고 물었다. 기령이 일단 여기서 벗어나자고 했다. 기령은 병원에서의 얘기를 하며 분노했다. 택시 기사는 허허 고양이가 다쳤나 보네, 하고 웃었다. 기령은 택시비는 걱정 말고 다른 병원으로 가자고 했다. 기사는 알았다며 앞을 향해 달렸다.

택시는 고가도로로 접어들어 한참을 달렸다. 차창 밖은 전원 꺼진 티브이 화면처럼 온통 검은색이었다. 기령이 속이 안 좋은지 가슴을 탁탁 때리며 잠깐 차를 세워 달라고 했다. 그러나 한참을 달려도 갓길은 나오지 않았다. 앞쪽에서 공사 중이라 적힌 빨간색 표지판이 다가왔다. 공사 중이라 적힌 큰 글씨 아래 작은 글씨가 보였다.

'갓길 없음.'

차를 세우고 싶어도 계속 달릴 수밖에 없었다. 급한 일이 있다 해서 차를 세운다면 뒤쫓아 오는 차량과 충돌할 수밖에 없는 구조였다. 나는 기령에게 창문을 내리고 조금만 참으라고 했다. 지금은 달리 방법이 없었다. 마치 옆길로 피할 수 없이 앞으로만 달려야 하는 어떤 시기에 놓인 것 같았다. 그러니까 한순간도 멈추지 못하고 도착지점을 향해 무조건 나아갈 수밖에 없는 상황처럼. 내가 처한 현실이 그렇다고, 마치 누군가 팻말로 나를 비웃는 것 같았다. 어쩔 수 없이 우리는 계속 달려야 했다 한참 동안.

열린 창문으로 바람이 세차게 들어왔다. 와 저기 봐 봐, 바다 아냐? 바다 같은데? 아저씨 저기 바다 맞죠? 기령이 소리를 질렀고 택시 기사는 고가가 끝나는 곳부터 바다를 끼고 가는 길이라 했다. 기령은 갑자기 들뜬 목소리로 소리를 질렀다. 그러다 나와 눈이 마주친 기령이 내 눈치를 보며 손으로 자신의 입을 막았다. 나는 기령을 외면한 채 창밖으로 고개를 돌렸다. 문득 이다가 우리를 바다로 이끈다는 착각이 들었다. 이다의 몸은 이제 나뭇조각이나 돌덩이 같은 사물로 변한 것 같았다. 기령은 내 팔을 붙잡으며 말했다. 검색해 보니까 근처엔 병원이 없어. 이제 어떻게 할까.

나는 이다의 다리를 주물렀다. 무생물처럼 딱딱해진 이다의 몸이 조금씩 이물스럽게 느껴지는 것이 슬펐다. 이다가 떠나도 나는 변함없이 이다의 가족이고 이다는 나의 이다일까. 엄마가 갑자기 떠났다 해서 내 엄마가 아닌 다른 사람이 될 수 없듯이, 우리는 우리가 아닌 적이 없다. 서로가 서로의 주변을 떠나지 못하고 빙빙 도는 위성처럼. 마구 울고 싶은데 눈물이 나오지 않았다. 나는 왜 기령처럼 쉽게 눈물이 나지 않는 걸까. 눈물 대신 귀 안에서 바람이 다시 울어 댔다. 엄마의 몸이 많이 훼손된 상태로 발견됐다는 뉴스를 인터넷에서 봤을 때도 눈물 대신 귀 안으로 회오리바람이 몰아쳤다.

그 새끼, 가만 안 둘 거야. 내가 이를 뿌드득 갈듯 내뱉자 기령이 나를 쳐다보며 대꾸했다.

오 진짜? 그래, 그런 새끼들은 참으면 더 짓밟는다니까. 나는 기령에게 아까 찍은 사진들을 모두 보내 달라고 했다. 어쩌려고? 기령은 곧바로 사진을 내 카톡으로 전송했다. 나는 한 손으로 핸드폰을 만지작거리다 통화 목록을 뒤졌다. 기령의 번호가 없었다. 기령의 번호 저장 버튼을 분명히 눌렀던 거 같은데 어떻게 된 걸까. 참으면 바보가 되는 세상이잖아. 학교에서나 그런 줄 알았더니, 존나 웃기지 않냐? 가만 안 둘 거야. 울 엄마같이 절대 안 당해. 나는 중얼거리며 창밖으로 시선을 돌렸다.

가로등을 지나칠 때마다 어두운 허공이 잠깐씩 모습을 드러냈다. 아무것도 없는 빈 공간일 뿐인데 빛이 지날 때마다 허공은 감춰 둔 형체를 드러냈다. 무심코 지나치면 그저 어둠에 묻힌 빈 공간일 뿐이다. 형체가 드러나려면 반드시 빛이 필요하다. 아침이 밝아 오면 어둠이 숨긴 형체는 자연스럽게 드러나겠지만 형체 자체만으로 숨겨진 진실을 다 말할 수 있을까. 형체 안에 숨겨진 더 깊은 것, 드러나지 않은 비밀스러운 진실을 볼 수 있어야 한다. 나는 주머니에 넣어 둔 목걸이가 빠지지 않았나 확인했다. 체인 목걸이의 감촉이 손바닥으로 이물스럽게 전해졌다. 기령이 나를 툭툭 치며 어때? 어? 물었다. 나는 입술을 세게 깨물었다. 기령이 복수하자는 말을 하자 가슴이 세차게 뛰었다. 그 새끼, 고모네 카페에 있겠지? 왜? 나는 떨리는 목소리로 말했다. 죽여 버리게. 지금? 응, 지금 당장! 그럼, 이다는 어떻게 하려고?

어쩔 수 없이 우리는 근처 바닷가에서 택시를 세웠다. 바다는 불빛이 닿는 곳까지만 보이고 저 먼 곳은 아무것도 보이지 않았다. 원래부터 어둠이 바다를 품고 있는 것처럼 바다는 그저 검은색이었다. 등 뒤쪽으로 조개구이집과 횟집들이 늘어서 있었고 그곳에서 뿜어져 나오는 불빛들이 해안가 모래를 희미하게 비추고 있었다. 밤늦은 시간인데도 식당마다 불을 밝히고 있다는 게 이상했다. 바다엔 바다만 있을 거란 예상은 가볍게 깨졌다. 우리가 알지 못한 감춰진 또 다른 세계는 너무도 많아 보였다. 어둠에 가려진 바다 저 너머만큼이나.

기령이 보이지 않았다. 나는 방파제 계단을 내려갔다. 모래가 발밑으로 부드럽게 감겼다. 상점들의 소란스럽던 불빛들은 계단 아래까지 못 미치는지 어둠이 짙게 고여 있다. 시력을 잃은 것처럼 한 발 한 발 조심스럽게 걸음을 옮겼다. 어느 틈엔가 나타난 기령이 춥지 않냐며 내 팔을 붙잡았다. 기령의 손에 하얀 박스가 들려 있었다. 갑자기 자퇴를 했던 기령에 대해 많은 생각을 한 적이 있었다. 기령 역시 내게 차마 말할 수 없는 그 무언가가 있을 것 같았다. 하지만 나는 묻지 않았다. 다만 지금은 그저 나와 비슷한 환경, 비슷한 생각을 가진, 가장 가까운 친구라는 것만 생각하고 싶었다. 여기 태워 보내는 거 어때? 기령의 배려는 따뜻했지만 가슴은 시리고 아팠다.

나는 이다의 몸을 끌어안고 쓰다듬었다. 이다의 몸은 나를 강하게 밀어 내는 것 같았다. 바람이 세차게 불어와 머리카락이 얼굴을 뒤덮었다. 모래 안에 발이 푹푹 잠겼지만 나는 한 발씩 천천히 앞으로 나아갔다. 문득 전혀 궁금해하지 않았던 의문들이 떠올랐다. 엄마는 일해야 할 시간에 바다엔 왜 갔던 걸까. 바다에서 누굴 만난 걸까. 바다에서 무슨 일을 당한 걸까. 그날 엄마는 바다에 가긴 한 걸까. 이다처럼 나중에 옮겨졌거나 다른 곳에서 떠밀려 그곳에 도착한 건 아닐까. 형사들은 증거도 정황도 아무것도 포착할 수 없는, 미궁에 빠진 사건이라고 했다. 나는 소식을 듣고 내가 아는 엄마의 모든 것을 밀어 내기에 바빴다. 엄마가 미웠다. 엄마가 어떻게 죽었든 나는 엄마에게 영원히 버림받은 것만은 변하지 않는 사실이니까.

엄마의 소식을 들은 뒤 나는 주로 검은색과 흰색의 삶을 살았다. 빛을 많이 흡수하는 날은 혼탁한 검은 색조로 하루를 칠했고, 반대로 내가 지닌 빛을 모조리 반사하거나 뿜어내고 나면 볼품없이 풀어진 흰색 물감이 되었다. 흡수하는 빛과 반사하는 빛을 같은 비율로 섞게 되면 어떻게 될까 궁금한 적도 있었다. 엄마와 아빠 사이에서 태어난 순간부터 나는 내가 가진 것들을 같은 비율로 섞기란 불가능했다. 모든 건 형편없이 모자라거나 지나치게 넘쳤다. 하지만 결국 검은색과 흰색 둘 중 하나를 택할 수밖에 없었다. 내가 비틀거리자 기령이 내 몸을 감싸며 부축했다.

이제 그만 보내 줘, 엄마도 이다도! 너도 살아야지! 기령이 화난 목소리로 몰아붙였다. 울고 싶으면 울고, 소리치고 싶으면 소리쳐! 참지 마! 넌 왜 맨날 참고만 사냐! 병신같이! 기령이 내 품에서 이다를 빼앗으려고 했다. 나는 내버려 두라고, 이다를 꽉 붙잡은 채 소리를 질렀다. 내가 할게! 내가 한다고! 내가 한다니까! 나는 스티로폼 상자 안에 이다를 조심스럽게 넣고 뚜껑을 닫은 뒤 상자를 안고 일어섰다. 기령은 물끄러미 나를 쳐다보다 바다 쪽으로 시선을 옮겼다. 기령은 모든 울분을 터트리듯 바다를 향해 꽥꽥 소리를 지르며 내게도 해 보라고 했다. 나는 바다에 대고 소리를 질렀다. 조금은 숨통이 트인 것 같았다. 이번에는 하늘과 바다가 맞닿은 곳을 향해 크게 소리를 질렀다. 왜! 왜! 왜! 왜 그랬어-!

가슴속으로 바람이 시원하게 파고들었다. 나는 모래를 밟으며 파도가 떠밀리는 곳으로 갔다. 몸이 덜덜 떨릴 정도로 추웠다. 파도 가까이 다가가 어둠에 휩싸인 바다 저 너머를 바라보았다. 기령이 어느새 옆으로 와 손가락으로 하늘을 가리켰다. 저기 봐 봐. 크고 작은 별들이 차가운 유리알처럼 드문드문 박혀 있었다. 서로 저렇게 멀리 떨어져 있는 것 같지? 그런데 쟤들 하나로 다 연결돼 있다. 너, 나, 이다, 또 우리가 아는 모든 사람들. 그러니까 넌 혼자가 아냐. 내 말 무슨 뜻인지 알지?

우리는 몇 분 동안 말없이 같은 방향을 바라보며 서 있었다. 기령은 핸드폰으로 뭔가를 검색하다가 말했다. 설마, 이다 이름 이 행성 이름 딴 거야? 이다 어릴 때 모습이랑 비슷하네? 음 근데, 위성을 가진 최초의 행성이라고? 아 어렵다 어려워. 나는 바다 저 멀리 시선을 둔 채 말했다. 나랑 이다, 이다랑 너, 너랑 나, 그리고 나랑 우리 엄마……. 또 아빠와 엄마, 그 외에 많은 사람들이 서로 주변을 빙빙 돌며 사는 거랑 똑같아. 각자는 행성이고 다른 사람들은 누군가의 주위를 돈다는 뜻이야. 근데 사실 따지고 보면 다들 겉돌고 있는 거 같긴 해. 니 말이 더 어렵네 뭐. 암튼, 모든 관계가 다 겉도는 거 같다 그런 뜻이야? 글쎄… 그래도 우리가 모르는 깊고 소중한 관계는 분명히 존재하거든요.

기령아, 난 엄마랑 이다를 벗어나 나만의 행성에서 잘 살 수 있을까? 기령이 한 팔로 내 어깨를 감싸 안았다. 문득 그동안 엄마의 품을 못 견디게 그리워했다는 것을 깨달았다. 이다가 그런 내 몫의 아픔을 많은 부분 대신했다는 것도 깨달았다. 이제는 오롯이 혼자서 앞으로 나아가야 한다. 기령이 내 어깨를 부드럽게 쓰다듬으며 넌 할 수 있어, 하고 말했다. 우리 엄만 나 때문에 평생 앞만 보고 살았어. 도망치고 싶어도 갓길이란 자체가 없었겠지. 사실은 그동안 엄마가 죽은 걸 절대 인정하기 싫었어. 어떻게 갑자기 그래? 갑자기 떠나는 게 어딨냐고!

기령은 내 어깨를 두드리며 이제 그만 다 보내고 진짜 인생을 살자고 했다. 기령은 술 한 병 사 오겠다며 횟집이 늘어선 곳으로 뛰어갔다. 나는 기령의 반대편으로 걸었다. 조개구이집과 횟집에서 쏟아 낸 불빛들도 점점 멀어지고 점차 어둠이 몰려왔다. 모래가 끝나는 지점에 검은 바위의 형상들이 보였다. 나는 작은 돌을 몇 개 건너 조금 커 보이는 돌 위로 올라갔다. 파도 부딪치는 소리가 무서울 정도로 격렬하게 들렸다. 어둠에 익숙해지자 조금씩 주변이 눈에 들어왔다. 나는 어둠을 더듬듯 찰랑찰랑 바위에 부딪치는 물결을 만졌다. 차고 시렸다. 스티로폼 상자에서 이다를 조심스럽게 꺼내어 무릎담요와 타월을 걷어 내고 눈사람처럼 불룩한 화장지를 모두 풀어냈다. 마침 구름 사이로 달이 모습을 드러내어 주변이 환하게 밝아졌다. 이다는 뭔가가 박힌 한쪽 눈을 여전히 뜨고 있었다. 나는 입술 한쪽을 세게 깨물었다.

달이 비치는 바다 한가운데 물결이 거대한 물고기 비늘처럼 일렁였다. 나는 이다를 꼭 끌어안고 울었다. 이제야 눈물이 쏟아졌다. 세차게 부딪치는 파도소리만큼 내 울음소리도 격렬했다. 이다를 처음 만났을 때 나는 중3이었다. 태어난 지 얼마 안 된 아기였던 이다를 엄마가 음식물 쓰레기통에서 발견했다. 한쪽 눈을 다친 건지 피를 흘렸고, 우리는 아기였던 이다를 안고 동물병원으로 뛰었다. 엄마는 이다의 수술비와 치료비를 마련하느라 더 열심히 일했다. 이다는 한쪽 눈을 잃었지만 엄마의 사랑을 듬뿍 받았다. 엄마는 늘 피로에 절어 얼굴에 짜증이 가득하다가도 이다만 보면 웃음을 터뜨렸다. 외눈박이 애꾸눈이 자신을 닮았다고, 너무 웃기고 슬프다고.

핸드폰 플래시 기능을 켜고 이다의 한쪽 눈에 박힌 뾰족한 것을 빼냈다. 손이 덜덜 떨렸지만 입술을 깨물며 참았다. 참아야 한다. 견뎌야 한다. 버텨야 한다. 엄마가 평생 주문처럼 외우던 말들. 부들부들 떨리는 손으로 간신히 이다의 눈에 박힌 뾰족한 것을 빼냈다. 마치 가슴속 깊은 곳에 박힌 못을 빼낸 것 같았다. 잇새에 물고 있던 울음이 다시 터졌다. 파도가 바위에 부딪쳐 물방울을 사방으로 터뜨렸다. 뾰족한 것을 돌 틈새로 깊이 박아 넣었다. 이다를 무릎담요로 다시 꼼꼼하게 감싼 뒤 담요 양 끝에 매달린 끈으로 꽉 묶었다. 마지막으로 이다를 꼭 끌어안았다.

이다가 담긴 하얀 박스를 물 위로 내려놓았다. 물결 위를 오래오래 여행하게 될 이다가 편안했으면 좋겠다. 바람에 눈물이 날려 귓바퀴로 흘러들었다. 파도가 쉴 새 없이 바위에 부딪쳤다. 마치 내 몸이 바위에 부딪치는 것처럼 산산이 부서지는 것 같았다. 이다가 저 멀리 그곳 어딘가에 가 닿기를 기도했다. 엄마는 이다를 보고 예전처럼 외눈박이라며 배를 쥐고 웃을까. 내가 이다를 지키지 못한 것에 화를 낼까. 기령이 나를 찾고 있을 것이다. 기령에게 전화를 하기 위해 핸드폰을 켰다. 틈만 나면 카메라에 이다를 담았던 순간들이 떠올라 무심결에 앨범을 눌렀다.

앨범에 새로운 영상이 담겨 있었다. 뭐지? 영상을 누른 순간 너무 놀라 핸드폰을 놓칠 뻔했다. 가슴속으로 거친 파도가 쉴 새 없이 부딪쳤다. 고모 남자친구가 킬킬거리며 변태적인 말을 지껄였고, 이어 울부짖는 이다의 소리와 내 비명소리와 고모 남자친구의 욕설이 뒤엉켰고, 뭔가 부딪치고 깨지는 소리가 이어졌다. 징그럽고 혐오스러운 벌레를 손바닥에 쥐고 있는 것 같았다. 덜덜 떨리는 손에 겨우 힘을 주어 핸드폰을 꽉 쥐었다. 이다가 바다 중심을 향해 떠가는 것이 보였다. 나도 모르게 입술을 세게 깨물었다. 심호흡을 여러 번 한 뒤 영상을 다시 재생했다. 화면은 검은 바탕이었지만 짧은 시간 동안 소리의 기록은 생생하게 담겨 있었다. 기령에게 전화하려다 카메라 앱을 잘못 누른 걸까. 문득 이다가 남긴 선물처럼 여겨졌다. 정직과 정의는 더 이상 내가 맞서 싸울 도구가 아니란 걸 잘 안다. 오히려 치명적인 무기가 되어 나를 겨눌 수도 있다. 팔로우 수가 엄청난 기령의 SNS와 여러 곳의 통로를 떠올리며 앨범 앱을 닫았다.

나는 물결을 타고 점점 멀어지는 하얀 박스를 응시했다. 검은 바다처럼 머릿속이 까매졌다가도 달이 구름에서 빠져나오면 나도 함께 환해졌다. 달빛에 하얀 박스가 푸르게 빛났다. 마치 아득한 우주에 떠 있는 행성 같았다. 나도 함께 떠밀리고 싶은 유혹이 강하게 일었다. 기령이 나를 부르는 목소리가 가까이 들렸다. 순간 정신이 번쩍 든 나는 몸을 일으키려다 핸드폰을 놓칠 뻔했다. 핸드폰을 꽉 쥔 채 바다를 마주 보았다. 나만의 행성을 떠올렸다. 엄마는 다 참아도, 소중한 걸 지킬 땐 절대 참지 말라고 했다. 그건 바로 너 자신이야. 나는 가슴을 펴고 이다와 엄마를 향해 목이 터져라 소리쳤다. 잘 가-. ■

그래서
그녀는
바다로
갔다

그래서 그녀는 바다로 갔다

철이 지나도 한참 지난 사행성 게임, '바다속이야기'에 아직도 귀를 기울이는 사람들이 있다. 마치 이명처럼 바다는 그들에게 끝없이 고혹적인 목소리를 건네기라도 하는가. 바닷속 저 깊은 곳에 존재하는 무수한 이야기들은 결코 멈추지 않을 것이고, 수면 위로 떠오르지도 못할 것이다.

인어의 눈빛이 절절 끓어오른다. 마주 보는 사람의 영혼을 모조리 흡수해 버릴 것 같다. 가인은 인어를 향해 손을 뻗다 재빨리 거둔다. 손을 대는 순간 손가락이 흔적도 없이 녹아 버릴 것 같다. 발가벗은 인어는 두 손으로 가슴을 감싼 채 야릇하게 웃고 있다. 오른쪽으로 둥글게 말아 올린 하반신의 비늘은 미끈하고 윤기가 흐른다. 가인은 인어를 쳐다보며 지폐를 만지작거린다. 이제 남은 건 만 원권 지폐 한 장. 9번 인어에 지폐를 밀어 넣는다. 인어의 발 아래로 물방울이 피어오른다. 가인은 뭍으로 올라온 인어를 상상 한다. 두 발에 투명한 유리 구두를 신겨 본다. 썩 잘 어울린다. 의 자 깊숙이 몸을 파묻는다. 물고기들이 지느러미를 움직이며 오선 을 유영하는 상상을 한다.

가인은 물속 깊이 잠긴 느낌이다. 눈을 감고 길게 호흡해 본다. 잠시 후 지느러미를 흔들듯 몸을 부르르 떤다. 물방울 소리가 맑고 영롱하다. 예감이 좋다. 그런 날은 대개 상어는 아니라도 대어를 잡 았다. 이곳 사람들은 대어를 잡을 만한 자신만의 비밀스러운 예감 같은 것을 갖고 있다. 지폐를 꺼낼 때마다 숫자가 아닌 인물이 나오 거나, 담배를 피울 때 거꾸로 불을 붙인다거나, 속옷을 뒤집어 입었 다거나, 심지어 화장실에 갔을 때 다른 사람의 똥이 변기에 차 있다 거나, 별의별 예감 같은 게 대어의 운명을 결정했다. 가인에게는 물 방울 소리가 유난히 맑게 들리는 날이 바로 그런 날이다. 누군가 가인의 어깨를 툭 치며 말한다. 어이, 생각보다 오래 버티네? 돼지 목이다. 김밥을 통째로 입에 쑤셔 넣으며 느물거린다. 꺼져.

가인은 돼지목을 피해 화장실로 간다. 등 뒤에서 돼지목의 욕 설이 들린다. 저런 씨벌년이. 속이 울렁거리고 어지럼증이 인다. 화장실 문을 붙잡고 숨을 크게 몰아쉰다. 돼지목의 비릿하고 물컹한 성기의 감촉이 떠오른다. 가인은 쭈그리고 앉아 두 발을 더듬어 본다. 낡은 비닐갑피의 구두가 손에 잡힌다. 대어를 잡으면 값비싼 구두부터 사고 싶다. 가인은 얼굴을 찡그리며 변기에 침을 뱉는다. 입안에 신물이 고인다. 변기를 잡고 일어서는데 몸이 휘청거린다. 수도꼭지를 물고 입안을 헹궈 낸다. 비릿한 냄새가 가시질 않고 속을 괴롭힌다.

돼지목은 돼지 도살장에서 일을 한다고 했다. 돼지목을 자르고 부위별로 토막을 내고 내장을 샅샅이 발라낼 것이다. 돼지목의 거친 손을 보면 가인은 자신의 내장이 돼지목의 손에 낱낱이 파헤쳐지는 것 같아 소름이 돋는다. 가인은 누군가의 직업이 그 사람의 외모에 많은 영향을 미친다고 믿는 편이다. 돼지목의 생김새가 돼지와 흡사한 것도 직업의 영향 탓으로 보인다. 턱선과 목선은 구분이 가지 않을 만큼 두껍고 거무튀튀한 입술은 몹시 크고 두툼하다. 살에 짓눌린 눈은 가늘게 찢어졌고, 대머리에 가까운 머리는 기름기로 번질거린다. 돼지목의 몸에선 언제나 썩은 고기에서나 풍길 법한 지독한 냄새가 난다. 게임을 끝내고 돌아갈 때마다 김밥이나 컵라면, 음료와 과자 등을 가방에 쑤셔 넣는 모습 역시 탐욕스럽다. 가인은 수도꼭지를 붙들고 다시 신물을 뱉어 낸다.

광대뼈가 도드라질 정도로 수척해진 가인의 얼굴은 밀가루처럼 창백하고 두 눈이 퀭하다. 사람들은 가인의 한 달 전 모습을 기억하지 못한다. 지금은 아무도 가인을 스물아홉 살로 보지 않는다. 누군가 화장실 문을 두드린다. 가인은 문을 연다. 이젠 그만 좀 하고 돌아가지 그래. 꼴이 그게 뭐야. 온갖 아르바이트를 하며 대학원을 다닌다는 알바생 윤이다. 신경 꺼, 돈 갚을 거니까. 답답하다는 듯 윤이 한숨을 내쉰다. 가인은 윤이 기분 나쁘다. 왠지 윤 앞에 서면 자신이 엑스레이 필름 속 피사체라도 된 기분이다. 숨겨진 깊은 속까지 투명하게 비추는 것 같아 불쾌하다.

사 일 동안 가인은 한숨도 자지 못했다. 몇 개월 동안 모든 것을 바쳤지만 행운은 끝내 찾아오지 않았다. 점점 오기가 생긴다. 남은 한 장의 지폐는 행운과 맞바꿀 수 있는 마지막 현금이다. 예전엔 좀체 믿지 않았던 행운을 오늘만큼은 간절히 믿고 싶다. 가인은 신이 공평하다는 말을 언제나 비웃었다. 행운에 있어서만큼은 더욱 그랬다. 행운이란 특정한 사람에게만 해당되는 가장 이기적이고 불공평한 것이라 여겼다. 신의 혜택을 받지 못할 거라면 차라리 신을 버려야 한다고 생각했다. 적어도 인어를 만나기 전까지는. 미끈한 다리를 얻은 인어를 상상한다. 가인은 간절히 빈다. 나무둥치를 한 방에 넘어뜨릴 천둥 번개와도 같은 행운이 오기를.

물방울이 서서히 위로 올라간다. 가인은 긴장한다. 숨겨진 말초신경까지 바짝 곤두선다. 지느러미를 위로 치켜든 인어의 얼굴에도 긴장이 서린다. 뚫어지게 화면을 쏘아보는 가인의 눈빛에 물방울이 터진다. 모든 것은 정지되고 오로지 푸른 수면 위로 떠오른 투명한 물방울만 존재한다. 가인의 귀엔 소라껍데기처럼 먼 파도소리 외엔 아무 소리도 들리지 않는다. 진공 상태에 머무는 먼 기억처럼 아득하다. 호흡이 가빠진다. 인어의 발밑까지 올라온 물방울이 서서히 위로 꺼지는 순간이다. 화면 네 귀퉁이에서 색색의 광선이 뻗어 나오고 물방울이 터지면서 수많은 빛이 산광(散光)한다. 팡파르가 울리고 아기를 등에 태운 어미 가오리가 오른쪽에서 왼쪽으로 헤엄쳐 간다. 코인의 숫자가 숨 가쁘게 올라간다.

가인은 입술을 깨물며 붉은 버튼을 주먹으로 내리친다. 어우씨! 사만 원의 상품권이 투입구로 툭툭 떨어진다. 가인은 마지못해 상품권을 집어 든다. 미스 김이 옆으로 오더니 큰 소리로 멘트를 한다. "축하합니다. 9번 기계에 사만 원 당첨되셨습니다!" 가인은 미스 김에게 쏘아붙인다. 놀리는 거야! 미스 김이 눈을 흘기며 쌩하니 돌아선다. 정 영감이 기다렸다는 듯 재빠르게 미스 김의 엉덩이를 주무른다. 미스 김이 악, 소리를 지른다. 미스 김의 빨간 미니스커트에 감춰진 엉덩이의 볼륨은 누구라도 만지고 싶을 만큼 통통하고 예쁘다. 미스 김은 정 영감과 돼지목의 손을 가장 싫어한다. 가인은 의자에 털썩 주저앉는다. 여기저기서 물방울 피어오르는 소리가 귓속을 파고들자 흥분이 조금씩 가라앉는다. 오랜 기억들이 물방울처럼 방울방울 떠오른다.

가인은 기억의 진원지를 더듬는다. 아마도 자신의 인생을 온통 차지했던 기억일 것이다. 기억은 몇 개의 강렬한 이미지로 나타난다. 물결이 몸을 부딪치며 내는 소리에서 시작된 이미지는 점차 파생되어 또 다른 이미지들로 전이된다. 가지를 타고 쭉쭉 뻗어 가는 이미지 탓에, 인류의 시원(始原)이 어류에서 시작되었다는 이야기를 떠올린다. 가인은 자신이 분명 폐어였을 거라고 확신한다. 물 밖에서도 숨을 쉴 수 있는 부레를 갖고 있을 것이다. 진흙처럼 질척하고 습한 구덩이에서도 숨을 쉬는 물고기가 떠오른다. 미끄덩한 지느러미에 묻은 진흙을 털어 내듯 가인은 몸을 흔든다. 진흙 속 검은 늪지대를 벗어나 부드러운 수초 사이를 유영한다. 눈을 뜨자 화면 속 인어가 슬픈 눈으로 가인을 쳐다본다. 가인은 문득 진화가 멈춰 버린 화석이 된 것 같다.

가인의 어린 시절은 아버지에 대한 두려움과 지루하게 펼쳐진 바다뿐이었다. 도시에서 화려했던 아버지의 삶은 사업에 실패한 이후 끝이 났다. 고향으로 들어간 아버지는 노름을 일삼았고, 노름 밑천이 떨어지면 극에 달한 히스테리 증상을 보였다. 아버지는 그저 노름꾼에 술주정뱅이, 그 이상도 이하도 아니었다. 아버지의 지독한 폭력 앞에 엄마는 머리가 으께지기도 하고, 코가 비뚤어지고, 귀와 입술이 찢어져 형태가 일그러졌으며, 숨이 몇 번씩 끊어졌다 되돌아오기도 했다. 저항할 엄두마저 낼 수 없던 엄마는 시체처럼 늘어져 있다가도 기다시피 바다로 나갔다. 바다 끝을 향한 엄마의 먼 시선은 어린 가인을 불안하게 했다. 가인이 혼자 밥을 지을 수 있을 만큼 컸을 때, 바다 너머 먼 세계로 떠나 버린 엄마는 끝내 돌아오지 않았다.

가인은 인어의 눈을 가만히 응시한다. 수많은 사람들의 영혼을 흡수했을 눈빛. 수줍게 외로 꼰 물고기의 하반신을 보며 가인은 자신도 모르게 발가락을 꼼지락거린다. 땀이 밴 발가락 사이가 끈적거린다. 가인은 상품권을 쥐고 홀을 가로질러 출입문 쪽으로 걸어간다. 푸른빛의 조명이 천장 곳곳에서 퍼져 나와 사방으로 흩어진다. 가인은 출입문 옆에 세워진 하얀 박스로 걸어간다. 반달 모양의 투입구에 상품권을 들이민다. 안에서 가느다란 손이 나와 상품권을 거둬 간다. 잠시 후 그 손이 사만 원의 현금을 내민다. 가인은 지폐를 반으로 접어 주머니에 넣고 문을 열고 밖으로 나온다. 진흙 속에서 방금 빠져나온 듯 몸이 무겁다. 미로처럼 복잡한 건물 복도는 출구를 찾을 수 없을 만큼 길게 이어졌다.

오선의 화려함에 비해 미로처럼 휘어진 복도는 협소하고 더럽다. 복도 끝 위층으로 올라가는 계단에서 자장면 냄새가 계단을 타고 내려온다. 종일 물 한 모금 마시지 못한 게 떠오른다. 현기증이 일고 속이 울렁거린다. 휘청거리며 어둡고 긴 복도를 빠져나와 조그만 철문을 열자 건물 뒤쪽 주차장이 나온다. 오선을 찾는 대부분의 고객들은 커튼이 가려진 이곳 차량으로만 이동이 가능하고 주차장부터는 더욱 철저히 관리된다. 그러나 가인을 비롯한 오선에 살다시피 하는 몇몇 사람은 출입이 허용되었다. 주차장으로 나오자 텁텁한 공기가 코끝으로 훅 끼친다. 가인은 입을 크게 벌려 폐부 깊숙이 공기를 들이마신다. 부레가 팽팽하게 부풀어 오른 느낌이다. 오선은 어디서나 볼 수 있는 지극히 평범한 건물 깊숙이 숨겨져 있다. 그러나 막상 건물 지하로 내려가면, 그곳은 헤어날 길 없는 수천 피트 물속처럼 깊고 음습하다. 가인은 방금 빠져나온 건물 입구를 멍하니 쳐다본다. 바다로 침잠하는 통로처럼 아득하다. 가늠할 수 없는 깊이란 막연한 두려움을 갖게 한다.

가인은 오선을 처음 접했을 때가 떠오른다. 오래전 아버지를 피해 도시로 도망 나왔을 때 도시는 온통 바다속이야기로 수런거렸다. 출퇴근길에 마주쳤던, 푸른색 바다로 치장한 오선 앞에 서면 가인은 언제나 멍해졌다. 지긋지긋했던 바다. 가인은 화려한 오션의 바닷속 풍경을 마주할 때마다 강한 거부감과 함께 엄마에 대한 그리움을 동시에 품었다. 일을 마치고 집으로 돌아갈 때마다 습관처럼 오션의 주변을 맴돌았다. 그러나 푸른 바다의 오션들은 모조리 심해 깊숙이 숨어 버린 듯 어느 날 갑자기 사라졌다. 그 후로도 오랜 시간 바다는 도시 아래로 숨어들어 유유히 흐르고 있었던 걸까. 몇 개월 전부터였을 것이다. 가인의 핸드폰 안에서 바닷속 유혹이 다시 시작됐다. 가인의 귓속에 소라껍데기라도 붙은 듯 이명이 들려오기 시작한 것이다. 회식을 하다 술에 취한 가인은 우연히 핸드폰에 찍힌 오션의 번호를 눌렀다.

가인은 엄마가 떠난 바다 너머의 세계를 자주 떠올렸다. 엄마는 삼촌이 산다는 아르헨티나로 떠난 게 분명했다. 그곳에는 아름다운 다리를 얻은 인어들의 성이 있을 것 같았다. 섬을 떠나올 때 가인은 두 발을 얻어 뭍으로 올라온 인어가 된 것 같았다. 하지만 두 발은 어디에도 착지하지 못했다. 바다 너머 다른 세계 역시 가인이 꿈꾸던 세계는 없었다. 아버지의 그늘을 피해 도망친 도시에서의 자유는, 지병을 얻은 아버지가 가인을 찾아오면서 오래지 않아 끝이 났다. 가인은 회사와 아르바이트를 병행하며 늘 시간에 쫓기고 찌들었다. 밤낮으로 일을 해도 아버지의 병원비와 생활비는 감당하기 힘들었다. 가인은 포기와 목돈의 유혹을 동시에 느끼며 오선을 출입하기 시작했다.

건물 지하의 미로를 통과하여 오선으로 들어서면 사라진 꿈이 새롭게 피어올랐다. 바닷속 풍경으로 전체를 장식한 실내, 천장 스피커에서 퍼지는 물방울 소리와 파도 소리, 기계의 화면 위쪽에 앉아 있는 인어와 갖가지 물고기들은 가인의 발목을 잡아끌었다. 오선은 가인이 줄곧 찾던 미지의 세계로의 통로처럼 여겨졌다. 가인은 아버지의 짓무른 누에고치 속에서 벗어나는 꿈을 꾸었다. 엄마에게 버림받은 아버지를 가인은 차마 어찌할 도리가 없었다. 엄마가 그랬듯, 언젠가부터 가인의 시선도 바다 너머를 향했다. 지루하게 펼쳐진 바다처럼 가인의 상상은 끝없이 이어졌다. 파도가 파도를 몰고 오듯 가인의 상상은 나중에는 뭐가 뭔지 엉망으로 뒤엉켰다. 분명한 건 자신은 물고기였으며, 아마도 삼억만 년 전 출현한 폐어가 틀림없다고 여겼다. 진화를 멈춘 폐어는 여전히 진흙 구덩이 안에서 허우적대고 있었다.

가인은 오선 주차장을 빠져나와 건물을 뒤로하고 무릎을 세운 채 바닥에 쭈그려 앉는다. 날이 어두워지자 가로등의 불이 동시에 커지고 여기저기 간판에도 차례로 불이 들어와 화려한 축제의 시작을 알리는 것 같다. 차도 옆 가로수의 그림자가 길게 늘어져 가인의 발등을 덮는다. 가인은 오션 왼쪽에 있는 은행 건물을 한동안 바라본다. 당장이라도 은행 문을 부수고 들어가 현금을 훔치고 싶다. 상어를 잡으려면 사만 원으론 불가능하다. 가인은 초조해진다. 아버지를 병원에 다시 입원시키려면 오션의 상어를 몽땅 잡는다 해도 돈은 턱없이 모자랄 것이다. 아버지의 입원보다 더 급한 것은 집이다. 열세 평 빌라의 전세 계약서는 이미 사채로 넘긴 상태다. 당장 사채를 갚지 않으면 집을 빼앗길 것이다.

이번이 마지막이야, 알겠어? 남의 돈을 날로 처먹으면 안 되지. 이자까지 치면 빌라 전세금으론 턱도 없다는 거 알지? 사채에 손을 댄 게 잘못이다. 사채업자가 말한 약속 시간에서 두 시간이 지났다. 어쩌면 아버지는 이미 집에서 쫓겨나 거리를 헤매고 있을지도 모른다. 가인은 무엇을 어떻게 해야 할지 알 수 없다. 초조함을 내쫓기 위해 대어가 잡혔을 때의 희열을 떠올린다. 하지만 소용없다. 사 일 전 가인이 집을 나설 때, 아버지는 시커먼 핏덩이를 한 그릇쯤 쏟아 냈다. 기름에 바싹 튀겨 낸 꼽등이처럼 시커멓게 몸이 오그라든 아버지는 점점 비굴해졌다. 가인은 문어발의 흡착판처럼 들러붙는 아버지가 지긋지긋하다.

고급 승용차가 오션의 건물 주차장 입구로 들어간다. 가인은 스프링처럼 튕겨져 나가듯 재빨리 주차장으로 뛰어간다. 덩치 큰 사내가 차에서 내린다. 어디선가 본 듯한 얼굴이다. 오션의 직원이 뛰어와 굽신거리며 사내를 건물 안으로 안내한다. 불이 켜지듯 가인의 머릿속이 환해진다. 며칠 전까지 가인이 일했던 일식집에 가끔 드나들던 손님과 비슷하다. 자신이 갑부라도 되는 양 그 손님은 거들먹거렸다. 처음 본 종업원에게도 서슴없이 반말을 했고, 모든 여종업원들에게 집적거렸다. 함께 자고 싶다는 노골적 표현으로 가인을 당황하게 했었다. 가인은 재빨리 사내의 뒤를 쫓아간다. 좁은 복도를 돌고 돌아 사내가 사라진 오션의 문을 힘차게 밀고 들어간다.

물방울 소리와 기계의 효과음이 홀 전체로 퍼진다. 푸른빛이 감도는 차가운 바다에 뛰어든 것처럼 가인은 오싹한 한기를 느낀다. 오션의 책임자인 이 부장이 파티션 옆 소파에 앉아 가인을 쳐다보며 말한다. 아직 안 갔어? 윤이 여러 개의 재떨이를 들고 가다 가인을 흘깃 쳐다본다. 가인은 기계 사이를 가로질러 안쪽으로 들어간다. 사내는 9번 기계 앞에 앉아 있다. 사내의 왼쪽으로 정 영감이 앉아 있고, 오른쪽에는 건축업을 한다는 김 사장이 자리를 차지하고 있다. 기계는 벽 전체를 빙 둘러 다시 홀 중앙에서 양쪽 면으로 빈틈없이 들어차 있다. 몇 대를 제외하고 모든 기계 앞에 사람들이 유령처럼 앉아 있다. 여전히 빨간 셔츠는 이곳저곳을 기웃거리며 돈을 빌리는 모양이다. 이곳 직원들은 그녀를 또라이 아줌마라고 한다. 밤을 새우고 아침이 되면 쉬어 빠진 김밥이나 삶은 달걀을 들고 가 아이들에게 먹인다고 해서 붙여진 호칭이다. 빨간 셔츠는 한 달 새에 이천만 원 정도 잃었다고 한다. 빨간 셔츠에게 돈을 빌려주지 않은 사람은 한 명도 없을 정도다. 그녀는 어떤 수단을 써서라도 게임을 이어 갔다. 가인에게도 이십만 원쯤 빌려 갔지만 돌려받지 못했다.

가인은 누구에게도 공짜 돈을 받은 적이 없다. 어찌 보면 사개월 반이 넘는 동안 다른 사람들에 비해 오래 버틴 건지도 모른다. 밤새 기계 앞에서 날을 새우고 아침이 되면 회사로 곧장 출근을 했다. 밤에 일하던 일식집을 그만두고 사 일 전부터 회사마저 나가지 않고 이곳에서 낮과 밤을 보냈다. 가인의 밑천이 바닥난 건 삼 일 전이다. 그날 가인은 초조하게 주변을 서성거렸다. 그날따라 돼지목의 기계는 연신 큰 게 터졌다. 돼지목의 손에는 백 장은 족히 넘을 정도의 두툼한 상품권이 들려 있었다. 가인은 빳빳한 상품권을 보자 뺏고 싶은 열망에 몸이 덜덜 떨렸다. 새벽이 되자 돼지목은 돌아가기 위해 김밥과 음료수를 챙기고 있었다.

가인의 눈에는 아무것도 보이지 않았고, 아무 소리도 들리지 않았다. 오로지 돼지목의 손에 들린 상품권만 눈에 들어와 숨을 헐떡거렸다. 가인은 상품권을 쫓아갔다. 돼지목이 반달 모양의 투입구에 상품권을 올려놓는 순간, 가인은 재빨리 상품권을 낚아챘다. 야, 너 뭐 하는 거야, 썅! 돼지목이 소리를 질렀다. 가인은 물밖에 던져진 물고기처럼 숨을 할딱거렸다. 돼지목의 손에서 상품권이 타다닥, 소리를 내며 바닥으로 쏟아졌다. 하, 한 번만, 한 번만 빌려줘. 돼지목은 쭈그리고 앉아 쏟아진 상품권을 주우며 두툼하고 거무튀튀한 입술을 벌려 음흉한 미소를 흘렸다.

새벽길은 고요했다. 오선 건물의 오른쪽에 있는 주유소는 문을 닫아 어둠에 잠겨 있었다. 주유소 옆 비좁은 골목으로 들어갔다. 가로등이 없어서인지 골목길은 어두운 미로처럼 보였다. 가인은 돼지목 앞에 무릎을 꿇고 앉았다. 가인은 자신이 무슨 행동을 하는지 아무런 감각이 없었다. 돼지목의 기묘한 웃음소리가 가인의 귀를 괴롭혔다. 돼지목이 머리채를 세게 휘어잡자 가인은 비로소 정신이 들었다. 돼지목이 바닥에 뿌려 놓은 몇 장의 상품권을 주우며 가인은 내장이라도 쏟아 낼 듯 모조리 토했다. 돼지목이 누군가의 그림자를 비껴 골목 오른쪽으로 사라졌다.

돼지목은 보이지 않는다. 삼 일 만에 나타났으니 아직 돌아가지 않았을 것이다. 반대편 기계 어딘가에 처박혀 있을 것이다. 가인은 화장실로 들어가 세수를 하고 거울을 보며 머리를 만진다.

화장실에서 나와 정 영감과 사내의 기계 사이에 선다. 사내의 옆얼굴을 뚫어지게 쳐다본다. 훤칠한 키와 큼직한 이목구비는 비쩍 마른 정 영감과 대조적이다. 일식집에서 본 사내가 아닐지도 모른다. 상관없다. 사내 앞 화면 속 인어는 그윽한 눈빛으로 사내를 유혹한다. 그러나 사내는 인어에게 관심이 없다. 가인은 사내가 인어의 두 발에 반짝이는 유리 구두를 신겨 주는 상상을 한다. 인어의 발 아래 돌고래 모자가 다정하게 헤엄을 친다. 그 아래로 가리비 모양의 조개가 입을 벌리자 크림색 진주가 반짝거린다. 갖가지 잡어와 조그만 릴이 숨 가쁘게 회전하고, 화면 중간에서 코인의 숫자가 바삐 오르내린다. 가인은 사내의 인어가 되어 투명한 유리 구두를 신고 아름다운 궁전 계단을 우아하게 오르는 상상을 한다.

정 영감이 사내에게 말을 붙인다. 사내는 건성으로 대답하며 가인을 쳐다본다. 가인과 사내의 눈이 순간 마주친다. 가인은 살짝 미소를 짓는다. 사내는 가인을 위아래로 훑어본다. 어, 왕방울, 니 여태 집에 안 갔나? 가인은 대꾸하지 않는다. 오늘만큼 정 영감이 자신을 모른 척해 주길 바란다. 정 영감은 잔소리를 하듯 몇 마디를 더 늘어놓는다. 정 영감을 보면 가인은 아버지가 떠오른다. 알 수 없는 증오와 적개심이 인다. 정 영감은 오선 직원들도 꺼려하는 인물이다. 술을 마시고 오는 날은 언제나 사람들의 혼을 빼

놓았다. 가끔은 신고를 하겠다고 애를 먹였고, 잃은 돈을 내놓으라고 생짜를 부려 직원들의 속을 끓였다. 그런데도 매일 오선을 지켰고 돈만 생기면 기계에 모조리 배팅을 했다. 오늘따라 정 영감의 한마디 한마디가 생선가시처럼 신경을 거슬리게 한다. 정 영감이 한마디만 더하면 벗겨진 머리통을 부숴 버릴지도 모른다고 생각한다. 사내가 가인을 자꾸 힐끔힐끔 쳐다본다. 가인은 끈질기게 사내의 눈길을 받아 낸다.

왕방울 처녀, 왜 그러고 섰어? 돈 떨어졌나뵈. 어느 틈엔가 빨간 셔츠가 등 뒤에 서서 말한다. 빨간 셔츠가 가인을 밀치고 사내 옆으로 접근하려 한다. 가인도 빨간 셔츠의 옆구리를 등으로 밀친다. 빨간 셔츠가 가인의 귀에 대고 말한다. 내가 찍었어, 딴 데 가 봐. 가인은 빨간 셔츠의 팔을 낚아채 자신의 뒤쪽으로 민다. 비틀거리던 빨간 셔츠는 입을 크게 벌리고 소리 없이 외친다. 뭐 하는 짓이야? 가인도 입 모양으로, 저리 가!라고 한다. 빨간 셔츠가 인상을 쓰며 소리를 지르려는 순간, 사내가 뒤를 돌아본다. 빨간 셔츠가 교태스럽게 웃으며 가인의 팔을 잡아끈다. 왕방울 처녀, 잠시 나 좀 볼까?

화장실 옆 휴게실로 가인을 데리고 간다. 삼 일 전 돼지목의 이야기를 들먹이며 비아냥거린다. 그날 일을 게임방 사람들 모두 알고 있다고 한다. 젊은 여자가 그런 짓까지 해 가며 도박을 이어 가고 싶냐며 이죽거린다. 남 신경 쓸 거 없고 빌린 돈이나 갚으세요. 빨간 셔츠가 눈을 동그랗게 뜨고 달려든다. 어머머, 뭐 저런 년이 다 있어, 야, 어딜 가! 가인은 휴게실에서 나온다. 사내의 자리엔 초록색 알로에 음료수 병과 구겨진 담뱃갑이 놓여 있다. 기계는 팔백 원가량의 코인이 오르락내리락한다. 사내는 핸드폰을 귀에 대고 출입문을 밀고 막 나가는 중이다.

가인은 사라지는 사내의 등을 보며 잠시 망설인다. 윤이 이벤트성 멘트를 하며 계속 가인에게 눈을 맞춘다. 가인은 윤의 눈길을 외면한 채 재빨리 사내 뒤를 쫓아간다. 기계 앞에 앉아 있는 사람들의 얼굴은 모두 초췌하다. 그들은 마치 《노인과 바다》의 소설 속 노인처럼 상어를 잡기 위해 지루한 시간을 견딜 것이다. 상어는 한 마리당 오백만 원으로 오션에서 가장 큰 물고기다. 로또나 다른 복권들에 비하면 턱없이 적은 액수다. 그러나 상어가 잡힐 때의 희열 때문에 저들은 기다림을 멈출 수 없다고 한다. 문득 그들의 삶이 궁금해진다. 그들도 바다 저 너머에서 들려오는 애절한 노랫소리에 영혼을 빼앗긴 걸까.

삼 일 전, 돼지목이 골목을 빠져나가자마자 윤이 뛰어와 가인의 팔을 거칠게 잡아끌며 말했다. 이곳에 매달리는 사람들 보면 다들 정신병자 같아. 열심히 살 생각들을 해야지. 한 방이란 게 말이 돼? 현실을 똑바로 보라고. 가인은 미친 듯 배를 잡고 웃었다. 봤어? 윤은 한숨을 푹 내쉬었다. 가인은 차가운 바닥에 풀썩 주저앉았다. 윤이 담배를 피워 물고 옆에 앉으며 말했다. 제발 정신 차려, 영혼까지 몽땅 빼앗기기 전에. 가인은 피식 웃었다. 흥, 오디세우스라도 된 거 같은 말투네. 난 영혼 같은 거 빼앗길 일 없거든. 윤은 담배를 바닥에 비벼 끈 뒤 몸을 일으키며 말했다. 인어? 그럼 인어가 '인간은 어떤 존재냐'고 물었던 것도 알고 있겠네.

윤은 언젠가부터 가인이 남 같지 않았다. 가인에게 계속 신경 쓰이는 것이 일을 하는 데 방해가 되었다. 3년 전 교통사고로 죽은 누나의 얼굴이 가인에게 계속 겹쳐 난처한 적이 많았지만, 윤 입장에서 가인은 이제 눈을 뗄 수 없는 존재가 되었다. 가인은 불쾌한 듯 윤을 쏘아보았다. 인간에겐 인어들이 가질 수 없는 영혼이란 게 있어. 그건 죽어도 죽지 않는 거야. 그러니까 그걸 지키려면 정신 차리라고. 가인은 웃는 것도 우는 것도 아닌 목소리로 윤에게 말했다. 흥 웃기시네, 돈이나 빌려줘.

가인은 오션 건물 밖으로 나온다. 사내는 통화를 끝냈는지 핸드폰을 한 손에 들고 주머니에서 담배를 꺼낸다. 가인이 사내 곁으로 다가간다. 사내는 담배를 입에 물고 불을 붙인다. 오션 직원이 차를 몰고 와 인도 옆에 세운 뒤 차 키를 사내에게 건넨다. 검은 승용차는 돌고래처럼 미끈하고 윤기가 흐른다. 이봐, 나한테 볼일 있어? 사내의 목소리는 외모와 달리 가늘고 얇아 간사하고 야비하게 들린다. 자세히 보니 일식집에 드나들던 손님이 아닌 게 분명하다. 담배 하나만 빌려주세요. 사내는 피식 웃더니 품에서 담배를 꺼내 가인에게 건넨다. 사내가 가인의 위아래를 훑어본다. 습기를 머금은 바람의 세기가 점점 강해진다. 식당 옆 복권 판매소에서 세워둔 로또 복권 현수막이 바람에 펄럭인다.

사내의 입에 물린 담배 끝이 빨갛게 타오른다. 사내는 피우던 담배를 손가락으로 멀리 튕긴다. 불씨가 붉은 가루를 뿌리며 공중으로 퍼진다. 리모컨을 누른 뒤 사내는 가볍게 차 문을 연다. 아가미를 벌린 돌고래처럼 검은 차는 사내를 집어삼킨다. 가인은 담배를 들고만 있을 뿐 피우지는 않는다. 어지럼증이 일고 입술이 바짝바짝 마른다. 가인은 혀로 입술에 마른침을 바르며 입을 움직여본다. 차도를 비춰 주는 불빛이 물감을 풀어놓은 듯 노랗게 뭉개진다. 가인은 사내의 차 옆으로 다가간다. 선탠을 입힌 검은 유리가 스르륵 아래로 미끄러진다. 이봐, 아가씨 나한테 할 말 있나? 가인은 오른쪽 발에 몸의 중심을 옮긴 뒤 사내의 눈을 똑바로 쳐다보며 말한다. 괜찮다면 어디든 날 데려가 주실래요.

가인은 건물 담벼락에 기대어 오랫동안 돌고래가 사라진 방향을 바라본다. 어둠이 가인의 발밑까지 파고든다. 바람이 불 때마다 바닥을 뒹굴던 플라타너스 잎들이 바스락거리는 소리를 내며 바람에 떠밀린다. 사람들은 어디론가 바삐 걸었고 은행 건물의 외벽에 걸린 기다란 현수막이 펄럭거리며 숨 가쁜 소리를 낸다. 차량이 지나갈 때마다 파도가 한차례 지나가는 듯하다. 대각선 방향 건물 꼭대기의 붉은 십자가에 불이 켜지고 주변 간판들에도 하나둘 불이 켜진다. 가인은 손가락으로 머리를 정돈한 뒤 벽에서 몸을 뗀다. 가인이 기대고 있는 은행 건물과 가로수와 차도가 파도에 휩쓸리듯 휘청거린다. 간판 불빛 아래로 간 가인은 주머니에서 구겨진 지폐를 꺼내어 세어 본다. 지폐를 다시 구겨 주머니에 넣고 고개를 푹 숙인다. 낡은 구두코 위로 눈물방울이 뚝뚝 떨어진다.

가인은 비틀거리며 걸어간다. 밤거리는 먹물처럼 어둡고 고요하다. 가인의 머릿속에서 수십만 개의 물방울이 피어오른다. 가인은 천천히 걸음을 옮긴다. 거리에는 수많은 물고기들이 유영한다. 돌고래는 새끼를 등에 업고 가오리는 넓적한 지느러미를 날개처럼 펼치고 유유히 지나간다. 조그만 릴이 떠다니고, 금빛 코인과 보석들이 물 밑에서 반짝거린다. 가인은 부레가 터질 만큼 뱃속에 바람을 집어넣는다. 어두운 진흙 구덩이를 벗어나 바다로 헤엄쳐 간다.

푸른 물빛이 결을 이루며 가인의 몸을 부드럽게 감싼다. 가인은 꼬리지느러미를 움직이며 푸른 수초 사이를 유연하게 헤엄쳐 간다. 은은한 빛이 물 위쪽에서 아래로 쏟아져 신비한 코발트빛의 타원형을 만든다. 가인은 빛을 따라 서서히 위로 올라간다. 어디선가 경적이 울리고 동시에 날카로운 쇳소리를 내며 트럭이 급정거한다. 야! 죽고 싶어 환장했어? 가인의 주변을 헤엄치던 물고기들이 일시에 사라진다. 가인은 비틀거리며 인도로 올라간다. 새로 돋아난 살처럼 발가락이 쓰리고 아프다.

가인은 허름한 빌라 모퉁이에 서서 지하의 불 켜진 창을 노려본다. 창틈으로 숨이 넘어갈 것처럼 가래 섞인 기침 소리가 새어나온다. 가인은 스며들듯 어두운 빌라 입구로 들어간다. 왼쪽 현관문 앞에 우두커니 서서 움직이지 않는다. 가인은 주머니에서 구겨진 지폐를 꺼내 문 틈새에 끼워 넣는다. 아버지, 이젠 다 끝났어요. 가인은 몸을 돌려 조용히 계단을 빠져나온다. 현관문이 열리는 소리가 들린다. 누구시오. 쉰 목소리가 기침에 섞여 계단을 올라온다. 가인은 재빨리 어둠 속으로 몸을 숨긴다. 기침 소리는 한참 동안 끊이지 않는다. 가인은 뛰다시피 골목을 빠져나온다. 목구멍 밖으로 커다란 덩어리 하나가 쑥 빠져나간 느낌이다.

가인은 자신이 어느새 오선 건물 앞에 와 있다는 것을 깨닫는다. 발끝에서 머리끝까지 가느다란 섬광이 피어오르는 걸 느낀다. 머릿속이 온통 물방울로 가득 찬다. 오선 앞 차도 옆에 두 대의 검은 승용차가 서 있다. 가인은 움찔 놀란다. 아까 사내가 타고 간 미끈한 돌고래와 같은 종류의 승용차다. 돌고래는 시동이 걸린 상태로 미등이 켜져 있다. 가인의 얼굴에 환한 미소가 피어난다. 어쩌면 사내가 이제야 자신을 구하러 온 거라 생각한다. 두 남자가 어둠에 잠긴 건물 안에서 걸어 나온다. 가인을 발견한 그들은 소리를 지르며 뛰어온다. 가인은 몸이 딱딱하게 굳어 꼼짝도 할 수 없다. 머릿속에 피어오르던 물방울들이 거친 파도로 변한다. 가인의 몸이 휘청거린다. 수많은 고기떼가 날카로운 이를 세우고 일제히 달려드는 것 같다. 흥, 드디어 나타나셨구만. 개년이 사람을 가지고 노네. 약속을 안 지키면 어떻게 되는지 알고 싶어 환장한 거지? 어이, 말 좀 해 봐, 엉! 벙어리가 되셨나. 확, 이년이, 돈 가져왔냐고!

가인은 발로 땅을 툭툭 차며 두 남자와 돌고래를 번갈아 쳐다본다. 두 남자는 거대한 식인 물고기가 되어 가인의 두 다리를 싹둑 먹어 치울 것만 같다. 돌고래 안의 사내에게 빨리 구해 달라고 소리치고 싶지만 생각뿐이다. 어쭈, 끝까지 입 다물고 계시겠다, 너 보름 전부터 갚겠다는 말만 했지, 돈 가져온 게 없잖아. 며칠 전에 마지막 기회를 줬는데도 그냥 넘어가겠다고! 어휴, 쌍년이 꿀 먹은

벙어리가 됐나. 야, 이년 어떻게 할까? 덩치 큰 남자가 말한다. 각서는 뭐 폼으로 썼겠냐, 일단 형님한테 데려가 보자고. 키 작은 남자가 차도 쪽으로 잽싸게 뛰어간다. 돌고래가 검은 아가미를 스르륵 벌린다. 나이 든 사내가 고개도 돌리지 않은 채 서늘한 목소리로 말한다. 넘겨 버려! 검은 유리가 위로 올라가며 사내의 얼굴이 빠르게 사라진다. 가인은 소리 내어 웃는다. 돌고래는 미끄러지듯 찻길 너머로 사라진다.

사레 걸린 듯한 웃음을 토해 내는 가인에게 키 작은 남자가 싸늘하게 내뱉는다. 미친년, 말로 할 때 조용히 따라오는 게 좋을 거다. 덩치가 큰 남자가 가인의 팔을 억세게 붙잡는다. 가인은 세차게 팔을 빼낸다. 남자가 가인의 뺨을 후려친다. 가인의 입안에서 피가 터진다. 혀끝이 달큰하다. 가인은 바닥에 주저앉는다. 키 작은 남자가 가인을 일으킨다. 가인의 몸은 해동된 생선처럼 축 늘어진다. 덩치 큰 남자의 발길이 가인의 옆구리를 찌른다. 가인은 흡, 소리를 내며 바닥으로 고꾸라진다. 남자들의 발길질이 몇 차례 더 이어진다. 가인은 아버지의 매질을 떠올린다.

두 남자의 발길질에도 감각이 없다. 해파리의 촉수에 감전되듯 강렬한 독성이 가슴으로 번진다. 빗방울이 가인의 이마 위로 톡톡 떨어지더니 금세 많은 양의 비가 내린다. 물비린내 나는 바람이 한차례 옆구리를 훑고 지나간다. 가인의 벌어진 입안으로 빗방울이 스며든다. 두 남자가 가인을 질질 끌고 간다. 누군가 오선 건물 밖으로 나오는 것이 보인다. 투명한 눈동자가 몹시 불쾌했던 윤. 윤이 뭐라고 소리를 지르며 뛰어온다. 가인의 귀에는 아무 소리도 들리지 않는다. 윤이 남자들에게 소리를 지르며 그들에게서 가인을 떼어 내려고 한다. 그러나 남자들은 윤을 무시하고 가인을 막무가내로 끌고 간다.

유혹에 실패한 인어는 자살을 택한다고 했다. 가인은 발가락을 꼼지락거려 본다. 감각이 없다. 부레가 찢어진 듯 가쁘게 숨을 몰아쉰다. 가인은 어둡고 습한 진흙 구덩이에 처박혀 영영 화석으로 굳어 버린 폐어를 떠올린다. 두 남자는 가인을 거칠게 차로 밀어 넣는다. 윤이 달려들어 가인의 팔을 붙잡는다. 윤의 손에서 온기가 전해진다. 이 새끼가 지금 뭐 하자는 거야, 저리 꺼져. 두 남자는 윤을 거칠게 끌어내어 한쪽으로 팽개친다. 가인은 윤을 바라보자 자꾸만 피식피식 웃음이 터진다. 병신.

가인은 처음으로 어미의 뱃속에서 느꼈던 따뜻하고 안온했던 기억을 떠올린다. 가인이 차 밖으로 기어 나가려고 하자 키 작은 남자가 머리채를 휘어잡고 주먹으로 얼굴을 때린다. 가인은 숨이 막히고 온몸의 힘이 스르륵 풀리며 맥없이 가라앉는다. 가인은 감기는 눈을 겨우 뜨고 차 바깥쪽을 쳐다본다. 윤이 왔다 갔다 어쩔 줄 몰라 하고 있다. 가인은 보일 듯 말 듯 희미하게 웃는다. 가인의 몸속에서 물결이 피어오른다. 물방울은 하나로 시작되어 점차 여러 개로 번진다. 멀리서 구슬픈 목소리의 노랫소리가 들려오는 것 같다. 가인은 오션이 숨어 있는 건물 꼭대기 너머 어두운 하늘로 시선을 둔다. ■

푸른 동굴

푸른 동굴

운명을 믿으세요? 나는 다른 사람
의 운명을 점치는 아이예요. 이제 겨우 두 달 반 됐지만 사람들은
어린애가 점을 친다고 하니 신기한 모양이에요. 운명을 믿는 사람
들이 생각보다 꽤 많더라고요. 물론 엄마가 오리지널이고 나는 가
짜지만요. 쉿! 이건 비밀이에요. 엄마가 올 때까지만, 이라고 했던
아빠의 말은 순 뻥이란 거 나도 알거든요. 아무튼 엄마가 빨리 돌
아왔으면 좋겠어요. 더 이상 내가 거짓말을 하지 않아도 될 테니까
요. 그런데 어쩌죠. 점점 거짓말에 자신감이 붙고 있어요. 아빠에
게 집중 트레이닝을 받지 않아도 이젠 얼마든지 어른들을 상대할
수 있게 됐거든요. 세상엔 공짜가 없다는 아빠도 운명이란 걸 믿을

까요? 갑자기 궁금해요. 아빠는 운명을 믿는 척하는 사람들에게 지퍼를 내리거나 올리는 방법을 알려 주는 무서운 사람이거든요.

운명 같은 거 안 믿는다고요? 하긴 그딴 거 믿는 사람들이 바보죠. 한동안 신기하다며 점을 보러 오던 여자 손님들이 끊기더니 점을 본다는 핑계로 남자 손님들이 점점 는 걸 보면요. 골방을 찾는 남자들은 운명 따위 믿지 않아요. 나는 매일 기도해요. 차라리 진짜 거짓말쟁이가 돼서 점을 봐 주는 게 훨씬 낫다고요. 하지만 다 소용없어요. 지퍼 내리는 것만 좋아하는 남자들에겐 거짓말이 절대 통하지 않거든요. 난 그들이 지퍼를 내릴 때마다 엄마가 말했던 카르마를 떠올려요. 카르마, 아시죠? 업 같은 거래요. 그러니까 내 식대로 말하면 '이에는 이, 눈에는 눈' 그런 셈이죠. 그들은 쥐새끼처럼 어두운 골방에 기어들기를 좋아해요. 나는 그 방을 동굴이라고 해요. 그 동굴에 들어간 사람들은 모두 괴물로 변해요. 그들은 지퍼 안에 뜨거운 쇠망치를 숨기고 있어요. 좀 전에도 운명 같은 거 관심도 없는 손님이 다녀갔어요. 지퍼를 내리기 전엔 아주 부드러운 사람처럼 행동하죠. 막상 지퍼를 내리면, 짐승처럼 괴상한 소리를 내며 울부짖어요. 그 사람요, 벌써 다섯 번째예요.

Fade in

지퍼 내리는 소리. 소녀는 눈을 감는다. 뒷산을 물들이던 붉은 해가 떠오른다. 소녀는 입술을 달싹이며 주문을 외운다. 주문 속에 섞인 각각의 단어가 소녀의 목 아래서 끓어오른다. 해는 점점 산등성이를 향해 다가간다. 천천히, 아주 느리고 더딘 걸음걸이로. 강렬하지 않고 부드럽게 녹아 흐르는 빛이 산을 뒤덮는다. 소녀는 입을 벌려 크게 숨을 들이마신다. 뜨거운 쇠망치가 소녀의 몸속으로 들어간다. 타는 갈증이 목을 조인다. 소녀는 엄마의 얼굴을 떠올리려 애쓴다. 엄마의 얼굴 대신 일그러진 해가 목 부분에서 덜렁거린다. 날카로운 끌개로 사타구니 안쪽을 후벼 파는 듯한 통증을 견디느라 소녀는 이가 부서질 정도로 악문다. 아저씨, 점 봐 드릴까요? 이를 빠드득 갈며 소녀가 묻는다. 남자는 소녀의 입을 틀어막으며 거친 숨을 몰아쉰다. 남자의 숨소리는 마치 먹이를 맹렬하게 추격하는 사나운 늑대처럼 거칠다.

방문이 열리고 남자가 조용히 문 밖으로 나간다. 소녀의 귀에 지퍼 올리는 소리가 여운처럼 맴돈다. 낮인데도 동굴은 종일 밤처럼 어둡다. 북쪽으로 난 창문은 공책 두 쪽 크기다. 그나마도 검은 커튼으로 빛을 차단시켰다. 소녀는 어둠과 하나가 된다. 문이 다시 열리면서 문틈으로 하얀 빛이 따라 들어온다. 소녀는 눈을 감은 채 꼼짝도 하지 않는다. 부스럭거리는 소리가 들린다. 곧이어 문이

닫힌다. 소녀는 입술을 혀로 핥는다. 손을 위로 뻗어 두유 팩에서 스트로를 뜯어 구멍에 꽂는다. 두유를 가져다주는 저 남자, 벌써 세 번째다. 지퍼 소리만 들어도 이제는 대충 상대의 성격이 파악되듯, 어둠 속에서도 쉽게 두유 팩의 작은 구멍을 찾을 수 있다. 소녀는 구석으로 손을 뻗어 커터 칼을 찾아 날을 밀어 낸다. 머리 위쪽 벽에 가느다란 선 하나를 새롭게 새겨 넣는다. 벽에는 점점 늘어난 선들이 지렁이처럼 꿈틀거린다. 소녀는 물속 깊이 가라앉듯 무거운 잠에 빠진다. 공포영화 속에 들어와 있다면 빨리 티브이를 끄고 밖으로 나가고 싶다.

소녀는 꿈속에서 칼을 가지고 놀고 있다. 손가락 사이사이로 칼끝이 예리하게 꽂힌다. 손가락들이 뭉툭하고 물컹한 것으로 변한다. 소녀의 몸을 무참하게 찍어 대던 것들과 비슷하다. 마치 횟집 수족관에서 보았던 괴상하게 생긴 해산물 같기도 한 그것들에 칼날이 예리하게 파고든다. 검붉은 핏물이 얼굴로 튀어 오른다. 소녀의 손에 쥔 칼날에 핏방울이 맺힌다. 소녀는 놀라 깨어난다. 하지만 여전히 무겁고 견고한 잠의 끝을 물고 늘어진다. 가슴 위에 포개고 있던 손바닥에 다른 손등의 흉터가 잡힌다. 대추씨 모양의 흉터다. 삼 년 전 유일한 친구였던 혜민이 떠오른다. 소녀는 그날 왜 칼을 가지고 놀게 된 건지 기억나지 않는다. 엄마는 자주 집을 비웠고 소녀는 늘 혼자였다. 다른 아이들과 달리 혜민은 점쟁이 무당 딸이라 놀리지도 않았고, 이유 없이 싫어하거나 피하지도 않았다. 오히려 소녀와 붙어 다니는 것을 좋아했다.

소녀는 엄마를 떠올리며 빙글빙글 돌았다. 혜민이 큰 소리로 웃었다. 폴짝거리며 뛸 때마다 혜민의 분홍색 치마가 나팔꽃처럼 활짝 펼쳐졌다. 소녀는 어느새 두 자루의 칼을 꺼내 와 공중으로 높이 치켜들고 춤을 추었다. 두 칼날이 맞부딪치는 소리가 짜릿한 전율처럼 온몸을 타고 돌았다. 혜민이 놀라 바닥에 주저앉으며 그만하라고 소리를 질렀다. 소녀는 팔짝팔짝 뛰며 칼을 쥔 양손을 더욱 바삐 움직였다. 칼날이 맞부딪치며 기묘한 소리로 우는 것 같았다. 점 봐 줄까? 소녀가 말했다. 왜 그래, 무서워. 혜민의 코앞에서 칼날이 사삭사삭, 소름 끼치는 소리를 냈다. 소녀는 몸을 회전시켜 칼을 공중으로 들어 올렸다. 점점 격하게 몸을 움직였다. 혜민이 소리 내어 울기 시작했다. 그만해! 소녀는 씩 웃으며 빙그르 몸을 한 바퀴 회전한 뒤, 오들오들 떨고 있는 혜민의 발가락 옆에 칼을 내리꽂았다. 엄마를 흉내 내는 건 섬뜩하면서도 즐거웠다. 혜민의 눈과 입이 커다랗게 벌어졌다. 쪼그려 앉은 다리 사이로 오줌이 흘러내렸다. 혜민의 분홍색 치마가 잉크를 쏟아부은 듯 붉게 번졌다.

외출에서 돌아온 엄마는 무서운 눈으로 소녀를 쏘아보았다.

소녀 앞에 놓인 두 자루의 칼 중 좀 더 날카롭고 긴 칼을 집어 들었다. 소녀의 오른손을 바닥에 펼치게 한 뒤 단호하게 말했다. 이런 짓을 하면 어떻게 되는지 알고 싶어? 말이 끝나기 무섭게 엄마의 손이 공중으로 올라갔다. 순식간에 뾰족한 칼날이 소녀의 손등을 찍어 내렸다. 이건 절대로 만지면 안 되는 물건이야! 엄마는 잔소리보다 강력한 행동으로 말을 대신하는 성격이었다. 소녀의 손등에서 붉은 피가 솟구쳤다. 그날 이후 혜민은 소녀를 피해 다녔다. 소녀는 매일 혜민의 주변을 맴돌며 스스로도 알 수 없는 주문을 외웠다. 소녀의 집은 이사를 했고 더 이상 혜민을 볼 수 없었다. 소녀는 자주 혜민이 꿈을 꾸었다. 꿈속에서 혜민은 언제나 나팔꽃 치마를 입고 있었다.

손등의 대추씨 모양의 흉터를 만지작거린다. 잠깐 졸았던 잠은 물속 깊이 잠긴 듯 오히려 몸을 무겁게 한다. 방문이 벌컥 열린다. 하얀 빛이 문틈으로 길게 사선을 이룬다. 아빠가 성큼성큼 하얀 빛 안으로 걸어와 소녀의 옆구리를 걷어찬다. 빨리 나오지 않고 뭘 꾸물대고 있어! 소녀는 몸을 일으킨다. 칼로 찌르는 듯한 통증이 하체를 관통한다. 소녀는 바닥에 손을 짚고 몸을 일으킨다. 입에서 저절로 끙 소리가 새어 나온다. 아빠는 하얀 빛을 무참히 밟으며 밖으로 나간다. 소녀는 이마와 목덜미의 땀을 닦는다. 온몸이 축축하다. 벽에 걸린 선풍기의 날개가 시끄러운 소리로 돌아간다. 오래된 날개가 만들어 낸 바람은, 퀴퀴한 곰팡내와 비릿하게 가라앉은 텁텁한 공기를 들쑤셔 놓는다. 숨이 막힌다. 뒷산 숲에서 울려오는 매미 떼의 울음소리가 거대한 덩어리처럼 부풀어 귓속을 파고든다. 모든 사물의 형태와 모든 소리와 빛이 깨어나 갑자기 덤벼들듯 머리를 아프게 한다. 난 괜찮아, 아무렇지도 않아. 소녀는 쿠에의 법칙을 떠올린다. 간절히, 아주 간절히 뭔가를 원하면 결국은 이뤄진다고 했던 엄마. 잠깐 엄마를 떠올리다 고개를 가로 젓는다.

소녀는 옷을 꿰입는다. 바지를 입을 땐 다리가 휘청거린다. 골골대는 선풍기의 끈을 잡아당겨 끈 뒤 문을 열고 나간다. 갑작스런 불빛에 눈이 따갑다. 엄마가 모시는 신단 쪽으로 다가간다. 장군의 검은 머리와 긴 수염은 짙고 위협적이다. 엄마가 굿을 할 때면 늘 파트너로 함께 일하던 이 법사 아저씨와 닮았다. 아빠는 이 법사 아저씨를 몹시 싫어했다. 그런데도 엄마는 굿을 할 때마다 이 법사 아저씨에게 도움을 요청했다. 소녀는 신단 한쪽에 놓인 봉지를 풀어 초코파이를 꺼낸다. 여러 개의 두유와 초코파이가 가득하다. 좀 전의 남자는 올 때마다 뭔가를 잔뜩 사 들고 왔다. 소녀는 초코파이 봉지를 뜯어 한입 베어 문다. 조용하고 매끄러워 그 속을 알기 어려운 것들은 대부분 독을 품고 있다며, 아빠를 빗대어 말하던 엄마가 떠오른다. 부드럽게 풀리고 잠기던 지퍼. 좀 전에 다녀간 남자가 처음 지퍼를 내리던 날 소녀는 그에게 도와 달라고 간절히 부탁했다. 그는 알았다는 듯 가느다란 손가락으로 소녀의 머리카락을 부드럽게 어루만졌다. 그가 돌아간 뒤 소녀는 몇 시간 동안 골방 동굴에 갇혀 아빠의 매를 견뎌야 했다. 소녀는 우물거리던 초코파이를 꿀꺽 삼킨다.

아빠는 누군가와 통화를 하고 있다. 소녀는 거실로 나간다. 통화를 하던 아빠는 소녀를 보자 저리 가라고 손짓을 한다. 소녀는 꼼짝도 하지 않고 아빠를 쏘아본다. 채팅을 하던 중이었는지 대화로 이루어진 화면이 아래로 빠른 속도로 내려간다. 아빠는 재빨리 화면을 줄인다. 채팅 화면이 사라지고 고스톱 화면이 이어진다. 통화를 끝낸 아빠는 소녀에게 손가락을 까딱이며 낮은 목소리로 말한다. 이리 와. 화면 위쪽에서 다섯 장의 화투장이 쏟아져 바닥으로 떨어진다. 울긋불긋한 색상이 화려하다. 아빠는 소녀의 머리통을 부드럽게 어루만지다 순식간에 후려갈긴다. 소녀는 눈알이 튀어나올 것 같다. 코 안쪽에서 시멘트 같은 회백질 냄새가 번진다. 건방진 년, 뭘 그렇게 두 눈 똑바로 뜨고 쳐다봐. 핏발 선 아빠의 눈동자 안에서 화투장이 울긋불긋 색을 뒤바꾸며 빛을 낸다. 책상 옆 바닥엔 빈 소주병이 나란히 쌓여 있다. 이미 다섯 병을 비웠는데도 아빠는 멀쩡하다. 아빠의 변함없는 얼굴색과 무표정에 소름이 돋는다. 가서 고기나 삶아 와.

소녀는 욕실로 들어간다. 세면대에 침을 뱉자 피가 섞여 나온다. 사타구니 안쪽 살이 찢어진 건지 견딜 수 없이 아리고 따갑다. 오늘은 두 명의 남자가 소녀의 몸 위에서 점을 보고 갔다. 소녀는 샤워기 물을 사타구니에 대고 오랫동안 앉아 있다. 한여름인데도 수돗물은 시릴 만큼 차갑다. 욕실에서 나와 조심스럽게 주방으로 간다. 아빠는 여전히 컴퓨터 화면에 코를 박고 있다. 아빠의 눈은 구미에 맞는 사냥감을 찾느라 충혈이 돼 있을 것이다. 냉장고에서 고깃덩이를 꺼내어 도마 위에 올려놓는다. 아빠는 매일 고기를 먹어야 산다. 고기를 먹지 못하는 날은 눈동자에 살기가 번득인다. 소녀는 칼을 꺼낸다. 고기의 육질에 칼집을 낸다. 붉은 핏물이 흘러내린다. 칼끝을 살코기 사이로 쑤셔 넣자, 요즘 머리에서 떠나지 않던 생각이 뒤따라온다. 고깃덩이를 굵게 토막 내어 냄비에 넣고 생강과 마늘과 냄새가 지독한 향신료를 듬뿍 넣어 가스레인지의 불을 켜며 생각에 잠긴다.

엄마는 기도를 떠나지 않았다. 두 달 반이 넘도록 집에 오지 않는 건 이상하다. 사고를 당한 걸까. 언제나 소녀의 방학이 시작돼야 떠났던 기도였다. 이상한 점이 한두 가지가 아니었다. 방학이 시작되기도 전 갑자기 사라진 거나, 오랫동안 연락을 하지 않는 것도 그렇다. 가장 이상한 건 엄마의 물건이 모두 그대로 있다는 점이다. 게다가 엄마가 사라지기 전 며칠 동안 아빠와 심하게 다퉜다. 물론 일방적인 폭행이었지만. 엄마의 몸은 매일 성한 데가 없었다. 그즈음 아빠는 점을 보러 오는 손님들을 대상으로 뭔가 일을 꾸미는 것 같았고, 엄마는 강하게 거부하는 것처럼 보였다. 그날 굿을 끝낸 엄마는 술에 만취해 들어왔다. 아빠에게 대들던 엄마는 아빠의 주먹과 발길질에 녹초가 되어 기절했고, 아빠는 밤새 욕실에 앉아 칼을 갈았다. 아니, 갈았을 것이다. 소녀는 그날 밤 욕실 안에서 들리던 칼 가는 소리가 환청이 아닌 실제였을 것이란 확신이 점점 강하게 들었다. 엄마는 다음 날 아침부터 보이지 않았다. 정확히는 사라졌다.

고기 익는 냄새와 향신료 냄새가 뒤섞여 속이 거북하다. 소녀는 울렁거리는 속을 안정시키려 차가운 수돗물을 들이켠다. 자주색으로 변한 고깃덩이를 도마 위에 올려놓는다. 적당히 잘 익은 것 같다. 소녀는 아빠 옆에 삶은 고기와 된장과 소금을 내려놓으며, 마지막 고기라고 말한다. 아빠는 고기를 된장에 찍어 입안에 넣은 뒤 만 원짜리 두 장을 소녀에게 내민다. 소주 다섯 병과 담배

두 갑을 살 돈이다. 몸이 무겁고 머리도 아프지만 밖에 나갈 수 있는 유일한 이 순간을 소녀는 간절히 기다린다. 야, 고기 식기 전에 갔다 와! 쓸데없는 짓 하고 다니면, 알지? 아빠는 차갑게 내뱉으며 손으로 목을 치듯 그었다. 니 엄마한테 당한 거, 니가 대신 갚아야지. 엄마한테 당하다니, 소녀는 이해가 가지 않는다. 아빠는 일 년 전부터 소녀의 집에 들어와 살았다. 집 짓는 일을 한다고 했지만 일을 하러 나간 적은 없었다. 아빠의 강요로 엄마는 손님들에게 부적이나 굿을 유도하여 돈을 벌어들였다. 너도 감방 한번 갔다 와 봐! 씨발. 너 때문에 내 인생 쫑난 거 보상하란 말야. 돈을 빼앗을 때마다 아빠는 엄마를 협박했다.

소녀는 아빠를 쏘아본다. 아빠는 고기를 우물거리며 마우스를 까딱거린다. 여러 종류의 승용차가 컴퓨터 화면을 가득 채웠다. 화면은 승용차 내부의 모습으로 뒤바뀐다. 아빠는 아무리 화가 나도 소리를 지르거나 흥분하지 않는다. 변함없는 표정과 낮은 목소리에 서늘함이 배어 있다. 며칠 전 형사들이 찾아왔을 때도 아빠는 태연하게 행동했고, 표정에 변화가 없었다. 뒷산에서 토막사체가 발견돼 한동안 동네가 발칵 뒤집혔다. 사체는 부패가 심하고 손가락이 절단돼 있고 머리와 신체의 몇몇 부분마저 사라져 사체 주인을 찾지 못했다고 했다. 형사들은 그저 형식적인 조사일 뿐이라며 인적 사항과 질문 내용들을 수첩에 옮겨 적었다. 엄마는 어디 가셨니? 형사들이 소녀에게 물었다. 소녀가 입술을 잘근잘근 씹는 동안 아빠는, 멀리 기도를 떠났고 언제 돌아올지 알 수 없다고 대답했다. 소녀는 무표정 뒤에 숨겨진 아빠의 진짜 얼굴이 궁금했다. 아빠의 하얀 맨발이 눈에 들어오자 온몸이 으슬으슬 떨렸다.

소녀는 집에서 나와 산을 올려다본다. 소녀의 집 근처는 유난히 고요하다. 간혹 야생 고양이나 주인 잃은 개들이 골목을 배회한다. 소녀는 대문 위에 꽂힌 삼색 깃발과 나무로 된 조그만 간판을 올려다본다. 흰 바탕에 검은 글씨가 선명하게 박혀 있다. 엄마는 선녀의 영혼을 지녔다고 했다. 그래서인지 사십 대에 접어들었는데도 여전히 이십 대의 얼굴과 몸매를 유지하고 있다며 사람들은 놀라워했다. 엄마에게 남자는 끊이지 않았다. 소녀는 진짜 아빠에 대해 묻지 않았고, 엄마도 말해 줄 생각이 없어 보였다. 소녀는 혼자 자랐다. 아이들은 무당 딸이라 놀리며 따돌렸다. 그렇다고 엄마를 원망해 본 적은 없다. 다만 소녀가 견디기 힘든 건 엄마의 남자들이었다. 특히 지금의 아빠는 가장 싫었다. 집에만 틀어박혀 있는 것도 힘들었지만 처음부터 친아빠 행세를 하는 것이 못마땅했다. '아빠'라는 호칭은 아빠의 강요 때문이었다. 더구나 엄마가 굿을 위해 이삼 일씩 집을 비우거나 기도를 떠날 때면 소녀는 늘

불안한 시간을 보내야 했다.

　아빠를 새로 집에 들일 때마다 엄마는 소녀에게 말했다. 나처럼 신에게 선택받은 사람들은 평범하게 사는 게 힘든 거야. 그러니까 넌 엄마도 믿지 말고, 스스로 너를 지키며 살아야 해. 언젠가 또 엄마는 술에 취해 말했다. 소녀는 촉촉하게 젖은 엄마의 눈을 보면 그제야 엄마가 진짜 같다고 생각했다. 넌 이해하기 힘들겠지만, 눈으로 볼 수 없고 직접 만질 수 없는 세계란 게 있어. 난 그걸 찾고 싶어서 신을 택한 거야. 눈에 보이는 것만 믿는 사람들에게 진실이 뭔지 알려 주고 싶어서. 엄마는 촉촉하게 젖은 눈빛을 거두며 깊게 한숨을 몰아쉬었다. 어린애한테 무슨 소릴 하는 거지 후… 엄마의 촉촉하고 반짝이던 눈동자가 다시 탁하게 바뀌었다. 엄마는 졸음이 쏟아지는지 비틀대며 골방으로 들어갔다.

　소녀는 주머니에 지폐를 넣는다. 주머니 안에 엄마의 명함판 사진이 만져진다. 아빠 몰래 찾아낸 사진이다. 소녀는 사진을 꺼내 들여다본다. 머리카락이 검은 뱀처럼 엄마의 하얀 귀를 덮고 어깨선을 따라 길게 늘어져 몸을 휘어 감고 있다. 엄마는 신을 받을 때부터 머리를 한 번도 자르지 않았다고 했다. 엉덩이 아래까지 기른 머리는 예쁘다기보다 징그러워 보였다. 엄마는 어딜 간 걸까. 술에 취할 때마다 가고 싶다고 했던 그곳으로 가 버린 건 아닐까. 파도가 만들어 낸 카프리 섬의 푸른 동굴이라 했다. 그곳은 눈으로 보지 않아도, 손으로 만지지 않아도, 귀로 듣지 않아도, 모든 것을 마음으로 느낄 수 있는 곳이라 했다. 푸른 물결 사이로 수초처럼 부드럽게 풀어지는 엄마의 머릿결이 떠오른다. 소녀는 사진을 주머니에 넣고 뒷산을 올려다본다. 토막사체 사건으로 한동안 동네가 발칵 뒤집혔었다. 소녀는 동네가 한창 흉흉한 분위기에 휩싸였을 때 쫓기듯 산에 올라간 적이 있었다.

그날 소녀는 집에서 뛰쳐나와 산으로 도망쳤다. 산 입구에는 노란 폴리스 라인이 바람에 펄럭였다. 붉은 노을이 비밀스럽게 무성한 숲을 파고들었고 온갖 풀벌레가 몸을 숨긴 채 으스스한 효과음을 냈다. 소녀가 산등성이에 오르자마자 해는 빠르게 산 아래로 사라졌다. 엄마가 사라진 것처럼 갑작스러웠다. 우거진 나뭇잎이 몸을 비비며 소녀를 가로막았다. 소녀는 나뭇잎을 제치며 엄마만의 비밀 장소인 돌무덤으로 갔다. 엄마가 산을 오를 때마다 돌을 쌓아 제단처럼 사용하던 곳이었다. 수북하게 쌓여 있는 돌무더기를 바라보았다. 담쟁이넝쿨이 땅 밑에서 거미줄처럼 기어 나와 돌무더기를 삼킬 듯 죽죽 뻗어 있었다. 소녀는 돌무더기를 발로 툭툭 차며 엄마가 들려줬던 카르마에 대해 생각했다. 엄마의 질긴 업보가 담쟁이넝쿨처럼 이어져 소녀에게 뿌리를 내릴 것 같아 몸이 움찔거렸다.

산을 오르기 전, 나일론 지퍼를 내리던 늙은 남자는 누린내를 풍겼다. 남자는 소녀의 몸에 무수히 많은 점을 찍듯 입술과 코를 갖다 대며 킁킁거렸다. 아가야, 착하지. 사탕 줄게, 어서 먹어. 그는 지퍼를 올릴 때쯤 아까운 음식을 남긴 것처럼 소녀의 입에 흐물거리는 물건을 쑤셔 넣었다. 소녀는 물컹대는 물건을 뱉어 내고 죽어 버리라고 큰 소리로 주문을 외웠다. 늙은 남자가 소녀의 뺨을 후려쳤다. 아빠가 뛰어 들어와 늙은 남자의 멱살을 붙잡았다. 소녀는 재빨리 팬티와 옷을 주섬주섬 챙겨 입고 무작정 뛰쳐나와 산을 기어올랐다. 가늘게 찢어진 눈꺼풀 안에 감춰진 아빠의 싸늘한 눈동자를 피해 마구 도망쳤다. 어둠 속에서 은밀히 지퍼를 내리고 올리던 젊거나 늙은 남자들의 손길이 뒤통수에 매달려 쫓아왔다. 소녀의 눈에서 눈물이 툭툭 떨어졌다. 돌아오지 않는 엄마가 미웠다. 스스로 자신을 지키라던 엄마가 원망스러웠다. 그런데도 소녀는 어쩔 수 없이 엄마가 그리웠다.

소녀는 돌무더기 주변을 무심코 빙 돌았다. 흙과 잡풀과 담쟁이넝쿨에 둘러싸인 돌무더기는 뭔지 모를 비밀을 품고 있었다. 돌멩이 하나를 주워 돌무더기 위로 던지며 소원을 빌었다. 제발 엄마를 보내 주세요. 소녀는 바지를 내리고 돌무더기 옆에 오줌을 쌌다. 커다란 아카시아 나무 밑을 파고 있던 야생고양이와 눈이 마주쳤다. 고양이의 발밑에 뭔가 희끗한 게 보였다. 소녀는 벌떡 일어나 바지를 올리고 나무 밑으로 다가갔다. 고양이가 날카로운 이를 드러내며 으르렁거리다 숲으로 사라졌다. 소녀는 흙을 툭툭 찬 뒤 손으로 땅을 파헤쳤다. 단단하게 묶인 검은 봉지는 핏자국이 흙에 섞여 묻어 있었다. 무심코 봉지의 내용물을 만져 보았다. 토막난 사체처럼 뭉클한 살에 둘러싸인 뼈 같은 게 손에 잡혔다. 소녀는 바닥에 쿵 주저앉았다. 봉지가 바닥으로 떨어지며 안에서 토막 사체 일부가 튀어나왔다. 언제 나타난 건지 커다란 개가 컹컹 짖었다. 소녀는 울음이 왈칵 튀어나왔다. 엉엉 울며 산길을 마구 뛰어 내려왔다. 봉지에 가득 든 토막 난 사체의 일부가 떠올라 숨이 막히고 머리털이 곤두섰다. 얼굴 없는 머리통이 뒷덜미에 들러붙어 집까지 쫓아오는 것 같았다. 산은 불이 빠르게 번지다 모두 타 버린 재처럼 순식간에 검게 변했다.

소녀는 그날 이후 한 번도 산에 오르지 않았다. 산 주변으로 보이지 않는 강한 기운이 사람들의 발길을 가로막는 것 같았다. 뒷산의 토막사체 사건은 끝내 사체 일부를 찾지 못하고 빠르게 마무리되었다. 술렁이던 동네는 안정을 되찾은 듯했다. 동네 백수였던 목격자는 사건 이후 더 이상 골목을 어슬렁거리지 않았다. 소녀가 사체의 일부로 추정되는 봉지를 발견한 이후 다시 이차 수색이 펼쳐졌지만 경찰들은 개뼈다귀 하나 찾지 못하고 철수했다고 했다. 이상한 일이었다. 이차 수색이 있기 전 범인이 사체의 일부를 딴 곳으로 옮겨 버린 걸까. 소녀의 두 눈으로 직접 봤던 검은 봉지가 감쪽같이 사라지다니 믿을 수 없는 일이었다. 소녀는 검은 봉지의 행방이 궁금했다. 하지만 다시 산을 오를 용기는 나지 않았다.

대낮인데도 산을 덮고 있는 음산한 기운이 검은 구름처럼 골목마다 번져 있다. 서늘한 느낌이 들어 소녀는 자주 뒤쪽 산을 돌아본다. 거대한 맹금류의 날개처럼 산 그림자가 지붕을 덮고 있다. 소녀의 머릿속은 한 가지만을 끈질기게 물고 늘어진다. 그럴수록 아빠의 칼 가는 소리가 더욱 선명해져 후드득 몸을 턴다. 소녀는 가파른 골목 아래로 내려간다. 오가는 사람이 전혀 없는 골목은 버려진 것처럼 삭막하다. 집집마다 낡은 대문들은 영원히 열리지 않을 것처럼 단단하게 닫혀 있다. 매미들이 동네를 점령한 듯 귀가 따갑다. 골목 내리막 중간에 위치한 구멍가게를 지난다. 딴 데로 새면 어떻게 되는지 알지? 또 걸리면 골방 동굴에 갇혀 영원히 못 빠져나올지도 모른다. 구멍가게 노인이 보인다. 소녀는 노인을 피한 뒤 재빨리 구멍가게를 지나친다. 아빠의 매수로 미성년자인 자신에게 술과 담배를 파는 교활한 노인. 노인의 눈을 피해 재빨리 아랫동네로 이어진 계단으로 내려선다. 아래로 6차선 차도가 보인다. 소녀의 가슴이 울렁거린다. 아까 왔다 간 남자가 집을 나서자마자 끔찍한 교통사고로 죽기를 빌었던 주문이 떠오른다. 부드럽게 풀리던 지퍼 소리가 뱀처럼 머릿속을 기어간다. 소녀는 손바닥을 두 귀에 대고 세차게 눌렀다 뗀다.

소녀는 파출소 문을 밀고 들어간다. 얼굴과 목덜미가 땀으로 흥건히 젖었다. 경찰 한 명이 책상에 앉아 통화를 하고 있다. 통화가 끝날 때까지 소녀는 한쪽에 우두커니 서 있다. 경찰이 앉아 있는 뒤쪽 벽에는 태극기가 걸려 있다. 한쪽 벽에 걸린 에어컨에서 나오는 찬 바람 때문에 이마와 목덜미의 땀이 서늘하게 식는다. 통화를 끝낸 경찰이 소녀를 바라보며 무슨 일이냐고 묻는다. 소녀는 주머니에서 사진을 꺼내 경찰에게 내민다. 우리 엄마예요. 얼떨결에 사진을 받아 든 경찰이 사진을 들여다보며 말한다. 뭐가 문젠데? 너네 엄마가 왜? 집 나가셨니? 소녀는 고개를 숙이고 오른쪽 발을 바닥에 쿡쿡 찍어 댄다. 샌들 앞쪽으로 발가락들이 튀어나온다. 학생, 몇 학년이야? 4학년? 5학년? 애들은 이런 데 오는 거 아니다. 경찰은 정수기 쪽으로 걸어가 컵에 물을 받아 소녀에게 내민다. 물한산 마시고 가라. 소녀는 물 잔을 받아 단숨에 들이켠다.

소녀는 또박또박 말을 꺼낸다. 아저씨, 윗동네 산에서요, 시체

토막 난 거 제가 봤거든요. 경찰은 소녀를 힐끔 쳐다보며 어이없다는 듯 피식 웃는다. 야, 쬐그만 게 어디서, 장난치면 벌 받는다. 떼끼 녀석! 책상 위 무전기에서 시끄러운 잡음이 튀어나온다. 아저씨, 그거 사람 뼈 맞아요. 그러니까, 우리 엄마는. 경찰은 귀찮다는 듯 시큰둥하게 말한다. 얘야, 가서 공부나 해라. 아저씨 바쁜 거 안 보이니? 소녀는 뭔가 말을 해야 했지만 말이 나오지 않는다. 사람들은 눈에 보이는 것만 믿는다던 엄마 말이 떠오른다. 난 알아요, 엄마가 기도를 이렇게 오래 떠난 적이 없다고요. 같이 사는 아저씨는 너무 무서워요……. 점 보러 오는 남자들이랑 맨날 동굴에 갇힌다고요. 입안에서 모래알처럼 말들이 서걱거린다. 어차피 어른들은 소녀의 말을 들으려 하지 않는다. 경찰은 책상 안쪽에서 돌아나와 소녀의 옆을 지나치며 말한다. 엄마는 금방 오실 거야, 이제 그만 가 봐. 소녀는 버릇처럼 입술을 잘근잘근 씹는다. 전화벨 소리가 요란하게 울린다. 경찰이 다급하게 전화를 받는다.

소녀는 경찰이 책상에 놓아둔 엄마 사진을 가지고 밖으로 나온다. 사진 속 엄마는 수줍은 듯 웃고 있다. 소녀는 주머니에 사진을 넣고 시장 쪽으로 걸음을 옮긴다. 엄마는 언제 돌아올까. 돌아오긴 할까. 엄마는 이번 아빠와 살면서부터 끊었던 술을 다시 마시기 시작했다. 엄마는 매일 술을 마셨고 나중엔 손님을 받기가 불가능할 정도였다. 그날도 아빠에게 흠씬 두들겨 맞은 뒤, 엄마는 신당 한쪽 구석에 숨어 술을 마셨다. 메사라 동굴이라는 데가 있는데, 거긴 한번 들어가면 영원히 빠져나올 수 없는 복잡한 미로로 되어 있대. 우린 그 동굴에 갇힌 거야. 소녀는 정말로 메사라 동굴에 갇힌 것처럼 숨이 막히고 답답했다. 그러고 보니 갇힌 곳도 가고 싶어 하는 곳도 엄마에겐 모두 동굴인 셈이었다. 소녀는 사람의 운명이란 수없이 많은 동굴로 이어진 게 아닐까 생각했다.

소녀는 사람들을 헤치고 시장 안으로 들어간다. 그릇가게와 과일가게가 마주 보고 있고 옆으로 더럽고 낡은 상점들이 다닥다닥 붙어 있다. 소녀는 시장 통로 중앙에 고기를 늘어놓고 파는 곳을 지나는 게 싫다. 토막 낸 갈색 고깃덩이들은 윤기가 흐른다. 아빠가 즐겨 먹는 고기다. 가판대 위에 늘어놓은 고기의 토막들을 보자 토막사체가 떠올라 속이 울렁거린다. 소녀는 고개를 들어 재빨리 시선을 돌린다. 이어 붙인 포장 틈새로 가는 햇살이 내리친다. 햇살은 바닥까지 닿지 못하고 중간에서 흩어지고 만다. 바닥은 젖어 질척거리고 누린내가 코를 찌른다. 옆쪽 고깃집에서 뚱뚱한 남자가 커다란 칼로 고기를 내리치고 있다. 몸통에서 두 다리가 뭉텅뭉텅 잘려 나간다. 소녀는 눈살을 찌푸리며 도망치듯 통로를 빠져나간다.

소녀는 사람들 틈을 헤치며 옷가게 쪽으로 향한다. 겨우 숨통이 트인다. 옷가게 통로 안쪽으로 들어가자 가게마다 화려한 옷들이 걸려 있다. 소녀는 한곳에 시선을 집중한다. 하얀색 민소매에 분홍색 나팔꽃 모양으로 퍼진 원피스. 소녀의 손끝이 바르르 떨린다. 혜민이의 나팔꽃 모양의 분홍색 치마가 떠오른다. 원피스는 입구 왼쪽 벽에 걸려 있다. 주인이 한눈을 팔면 수월하게 옷을 걷어낼 수 있을 것 같다. 온몸이 땀으로 축축하게 젖는다. 주인여자는 스팀다리미로 옷 주름을 펴느라 바쁘다. 혼자 왔니? 네, 구경해도 되죠? 살 거 아니면 그냥 가라. 마침 여자 손님 두 명이 안쪽으로 들어왔고 주인은 소녀에게 관심을 거둔다. 축축해진 소녀의 손은 옷걸이에서 원피스를 걷어 내는 데 3초도 걸리지 않는다. 소녀는 다른 옷을 구경하는 척 밖으로 나간다. 심장이 튀어나올 것처럼 팔딱거린다. 소녀는 옷가게 앞을 떠난다. 몸이 붕 솟아오르는 느낌이다. 옷가게 통로를 빠져나와 구불구불한 골목을 무작정 뛴다. 마치 끝없이 이어진 동굴을 지나 또 다른 동굴을 향해 달리는 것 같다.

찻길로 나오자마자 눈에 띄는 편의점으로 뛰어 들어간다. 떨리는 손으로 잡히는 대로 물건을 집으며 편의점 바깥을 살핀다. 다행히 들키지 않은 것 같다. 물건들을 제자리에 다시 놓아두고 딸기우유와 빵을 계산한 뒤 봉지를 하나 달라고 한다. 훔친 옷을 봉지

안에 넣는다. 빵을 뜯어 천천히 씹어 삼킨다. 달콤하고 부드러운 느낌이 입안으로 퍼진다. 딸기우유를 한 모금 마신다. 소녀는 편의점에서 나와 횡단보도를 건넌다. 경의선 기차가 다니는 조그만 역사 안으로 들어간다. 역 안의 화장실로 들어가 옷을 갈아입는다. 거울 안에서 혜민이 몸을 빙그르 돈다. 분홍색 치마가 나팔꽃처럼 펼쳐진다. 소녀는 언젠가 예전에 살던 동네를 찾아간 적이 있다. 예전 동네는 흔적도 없이 사라지고 고층 아파트가 복잡하게 들어섰다.

역사 한쪽에 중년여자가 쪼그리고 앉아 쪽파를 다듬고 있다. 중년여자 옆에는 어린 여자애가 머리가 긴 인형을 가지고 놀고 있다. 노을이 번진 어린 여자애의 머리가 주황색으로 반짝거린다. 소녀는 걸음을 멈추고 중년여자의 머리와 얼굴로 번지는 노을을 지켜본다. 앞에서 왜 얼쩡거리는거? 저리 비켜! 앞에 펼쳐진 도라지 껍질처럼 주름이 자글거리는 여자가 소리를 지른다. 소녀는 어린 여자애와 여자를 번갈아 쳐다본다. 파 뿌리를 다듬던 여자가 눈을 치켜뜬다. 저리 가라고 했잖아!

소녀는 다듬어 놓은 파 묶음을 집어 들어 여자애의 머리 위로 집어 던진다. 여자애가 꺅 소리를 지른다. 여자가 벌떡 일어선다. 여자의 몸에서 홍시가 터져 흘러내리는 것처럼 노을이 아래로 주르륵 흘러내린다. 소녀는 여자애의 발밑에 흩어진 파 뿌리를 자근자근 밟은 뒤 냅다 뛴다. 여자가 욕을 하며 뒤쫓아 온다. 허벅지에 감기는 나팔꽃 치마의 감촉이 간지러워 웃음이 터진다. 왜 웃음은 한번 터지면 잘 멈추지 않는 걸까. 소녀는 궁금하다. 먼지 섞인 바람이 눈으로 들어간다. 눈물이 뺨을 쓸며 날아간다. 아 웃겨웃겨웃겨. 소녀는 큰 소리로 웃는다.

소녀는 만물불교용품점으로 들어간다. 니 또 왔나? 주인여자가 나이 든 여자와 새로 들어온 물건을 박스에서 꺼내며 아는 척한다. 오랜만이데이. 소녀는 손목에 차는 단주를 들춰 보며 만지작거린다. 니 일로 좀 와 보래이. 소녀는 못 들은 척 단주 하나를 골라 팔에 차 본다. 주인여자가 박스에서 물건을 꺼내며 큰 소리로 말한다. 니 엄마 안즉 안 왔재? 그래, 아재가 잘해 주드나. 느그 아재 참 사람 좋다이. 니 아재한테 잘해야 쓴다. 이 법사 아저씨가 보이지 않은 지도 두 달이 넘었다. 가끔 엄마를 따라오면 이 법사 아저씨는 아이스크림이나 피자나 자장면을 시켜 주곤 했다. 문득 이 법사 아저씨의 행방이 궁금하다. 이 법사 아저씨는 언제 와요? 니가 와 그 아재를 찾노. 소녀는 발가락을 내려다보며 대답한다. 아녜요. 소녀는 재빨리 매대로 이어진 통로로 들어간다. 매대마다 법당에서 사용하는 물건들로 가득하다. 주인여자가 소녀의 눈치를 보며 나이 든 여자에게 속삭인다. 쟈 엄마가 이 법사랑 기도하러 간다꼬 집을 나갔다 카는데, 여태 안 돌아왔다 카재. 그래가 같이 살던 남자가 쟈를 혼자 키운다 카대.

30센티미터 정도 크기의 칼이 소녀의 눈길을 사로잡는다. 소녀는 넋이 나간 듯 칼을 이리저리 만져 본다. 여의주를 문 용이 칼자루를 돌아 칼집을 타고 날아오르는 문양이 새겨졌다. 칼집에서 칼을 빼자 은색 날이 반짝 드러난다. 날이 의외로 날카롭다. 용이 물고 있는 보석은 유난히 푸르고 투명하다. 소녀는 갑자기 엄마가 떠오른다. 카프리 섬의 파도가 만들어 낸 푸른 동굴. 푸른 동굴에 가면 파도가 영혼을 맑게 씻어 주어 어떠한 욕심도 욕망도 모두 사라질 거라던 엄마. 어쩌면 그곳은 세상에 없는 곳일지도 모른다. 엄마가 지어낸 곳일지도 모른다. 소녀는 칼을 봉지 안에 집어넣고 천 원짜리 다섯 장을 꺼내어 계산대에 올려놓는다. 이거요, 하며 단주 찬 손을 들어 보인다. 한참 물건을 정리하던 주인여자가 벌떡 일어나 소리를 지른다. 야야, 마 그냥 가지라. 소녀는 못 들은 척 출구로 걸어 나온다. 야야 돈 가져가라 캐도. 소녀는 밖으로 나와 건물 외벽에 그려진 알록달록한 그림들을 쳐다보다 바닥에 침을 뱉는다. 낡은 검정색 샌들 앞으로 삐죽 튀어나온 발가락이 오늘따라 자꾸 눈에 거슬린다.

아빠는 빈손으로 돌아온 소녀를 보더니 입술을 비틀며 웃는다. 소녀의 머리채를 잡고 골방으로 질질 끌고 간다. 소녀는 등골이 서늘해진다. 이번에는 영원히 골방에 갇혀 화석으로 굳어 버릴지 모른다. 아빠는 커다란 지퍼를 채우듯 골방 문을 밖에서 단단히 걸어 잠글 것이다. 비명을 지르듯 한꺼번에 울어 대는 매미 소리가 골방 안을 가득 메운다. 소녀의 몸이 벽으로 날아가 쿵 부딪친다. 곧이어 주먹이 옆구리를 찌르고 아빠의 하얀 맨발이 배에 꽂힌다. 소녀는 낮게 소리를 내지른다. 아빠의 화를 가라앉히려면 소녀는 자신의 손으로 아빠의 지퍼를 열어야 한다는 것을 잘 알고 있다. 어디선가 갑자기 나타난 혜민이 소녀의 등을 토닥거린다. 괜찮아, 난 아무렇지 않다고. 소녀는 혜민에게 말한다. 눈물이 자꾸만 귓바퀴를 타고 흘러내린다.

아빠는 두루마리 화장지를 마구 풀어 쪼그라든 성기를 닦더니 한쪽으로 집어 던진다. 소녀는 소리 내어 웃는다. 아빠가 주먹으로 얼굴을 친다. 입안에서 피가 터지고 광대뼈가 후끈거린다. 아빠는 아직도 화가 덜 가라앉은 모양이다. 소녀는 다시 웃는다. 날카로운 발길질이 되돌아온다. 껍대가리 상실했지? 멍청한 년, 니 멋대로 하면 어떻게 되는지 아직도 모르겠냐? 소녀는 플라스틱 공을 붙여 놓은 듯 머리가 마구 흔들린다. 숨을 쉴 때마다 갈비뼈가

쩍쩍 벌어지는 것 같다. 허벅지 사이의 틈새가 날카로운 칼로 짓이 기는 것 같다. 소녀는 입에서 끙, 신음 소리가 새어 나온다. 소녀는 차라리 집에 들어오지 말 걸 후회스럽다. 아냐, 엄마가 집에 왔을 때 내가 없어진 걸 알면 너무 슬플 거야. 소녀는 낮게 웅얼거린다.

Fade out

지퍼 올리는 소리. 소녀는 죽은 듯 움직이지 않는다. 찢어진 분홍색 나팔꽃 치마가 허벅지에 걸쳐져 있다. 혜민이 슬픈 얼굴로 소녀를 바라보다 사라진다. 소녀는 이제, 눈에 보이지 않는다 해서 아무것도 모르는 어린아이가 아니다. 소녀는 한쪽에 숨겨 둔 칼을 찾아 칼집을 벗긴다. 차가운 날이 손가락 틈을 파고든다. 푸른 동굴이 떠오른다. 심해에 갇힌 듯 어두운 골방이 답답하고 숨 막힌다. 푸른 물결을 가르며 물고기처럼 자유롭게 헤엄치는 기분은 어떨까. 엄마는 지금쯤 어떤 동굴에 있는 걸까. 소녀는 손가락 끝을 차가운 물에 적시듯 푸른 보석을 매만지다 날렵한 칼날에 손을 댄다. 담배를 피워 물고 욕실로 가는 아빠의 등이 보인다. 아빠는 고기를 사기 위해 시장에 갈 것이다. 외출 전까지는 밖에서 문을 잠그지 않을 것이다. 메사라 동굴 따위 지긋지긋해. 소녀는 마치 엄마가 옆에 있기라도 하듯 조용히 속삭인다. 카르마! 소녀는 칼날을 세워 벽에 글씨를 새긴다. 뭐든 간절히 원하면 이뤄진다던 엄마. 산등성이 돌무덤을 파헤쳐 보지 않은 게 새삼 떠오른다. 소녀는 몸을 벌떡 일으킨다. 칼날이 위이잉 날선 울음을 운다. ■

굿바이, 라 메탈

1판 1쇄 찍은날 2021년 5월 10일
1판 1쇄 펴낸날 2021년 5월 15일

지은이 박숲
펴낸이 조현주
펴낸곳 도서출판 하늘재

북디자인 이순민

등록 1999년 2월 5일 제20-140호
주소 서울시 양천구 목동동로 293 2215-1호
전화 02-324-2864
팩스 02-325-2864
이메일 haneuljae@hanmail.net

ISBN 978-89-90229-46-5 03810

값 14,000원

ⓒ 2021, 박숲

표지·본문 사진 ⓒ Getty Images Bank